•衛斯理小說典藏版69•



# 異寶

衛斯理
親自演繹衛斯理

《異寶》

# 新之又新的序言，最新的

衛斯理小說從第一次出版至今，歷時已近半世紀，總共出了多少正版，還能計得清，若是連盜版一起算，那就算找外星人來算，也算勿清楚哉！不知能不能也算世界紀錄。

算得清好，算勿清也好，能幾十年來不斷出新版，說明不斷有讀者加入，對作者來說，沒有更值得高興的事了，謝謝所有喜歡衛斯理的人，謝謝謝謝。

倪匡

二〇二〇年六月四日 香港

# 幾句話

寫了四十多年小說，論者將拙作分為三個時期：早、中、晚。在明窗出版的一批，屬於早期和中期的上半。三個時期的創作風格有相當程度的不同，所以風評不一。本人並無偏愛，但讀友對早期的作品，頗有好評，大抵是由於在早、中期作品之中，主要人物精力充沛，活力無窮，所以使故事曲折多變，小說也就格外吸引。明窗出版社此次重新出版這批作品，正好讓大家來證明這一點。

四十餘年來，新舊讀友不絕，若因此而能有新讀友，不亦快哉！

倪匡

二〇〇五年十一月六日

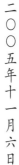

# 序言

《異寶》自然不是《活俑》的繼續，兩者之間，一點關係也沒有，只是都根據神秘莫測的秦始皇陵墓所作的幻想故事——用同一個背景，可以寫出許多不同的故事，這兩個故事是很明顯的例證。

這個故事還設想了一種利用腦能量的啟動裝置，這種幻想，如果變成事實，那麼人類可以單憑思想就控制一切機械裝置了——現在的趨勢，離這種幻想甚遠，變成了人類通過了電腦來控制一切，這應該視之為人類的一種偷懶行為，不是好現象。

整個故事的結尾部分，外星人不知道「鑰匙扣」是什麼東西，自然大具深意。地球人的行為，十分不堪，什麼時候，沒有了對他人的侵犯，才會沒有鎖和鑰匙。但，地球人什麼時候才會停止對他人的侵犯，真正懂得個體和個體之間的完全獨立？

或許，總會有這一天，但，實在太遙遠了！

衛斯理（倪匡）

一九八七年四月五日

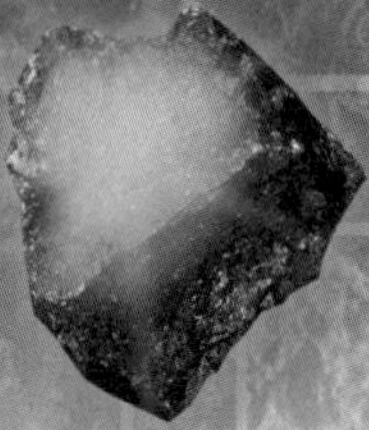

# 目錄

# 第一部

# 探驪得珠——盜墓第一法

門鈴響起，我恰好在門邊，順手打開門，門外是一個滿面風塵，連鬍子似乎都沾着疲憊的人，一身粗布衣服，他翻眼看了我一眼，就向內直闖了進來。

我連忙側了身子，讓他進來，他先來到放酒的櫃子之前，取了一瓶酒，然後，身子向沙發上一倒，打開酒瓶，就着瓶口，咕嚕咕嚕地不停地灌酒。

我看着他，心中又好氣又好笑，大聲喝着他：「喂，你以為你進入了什麼所在？一座無主的古墓？」

他又喝了幾口酒，才垂下手來，望着我，忽然長嘆了一聲。

能夠這樣把我的家當作是他自己家一樣的朋友，對我來說，為數也不少，可是像他這樣肆無忌憚的，倒也不多。

這個人，我已經很久沒見他了，而且平時，你想找他，還真不知道上哪兒去找才好，難得他自己摸上門來。所以我口中雖然呼喝着，心中着實怕他一放下酒瓶，跳起來就走。

及至聽到他嘆了一口氣，心事重重，我反倒放了心，因為這證明他並不是偶然路過，而是有事特地來找我的，那他就不會突然離去。

這個人的名字是齊白，看過我記述《盜墓》這個故事，一定可以知道，他是世界三大盜墓專家之一。其餘兩個，一個曾是我的好朋友，單思，死在某國特務之手。（這是我對各國特務都沒有好感的原因之一，單思死得很冤枉，很無辜，一直到現在，所有認識單思的朋友，都還感到深切的哀悼。）另一個是埃及人「病毒」，「病毒」以九十六歲的高齡去世。所以，齊白這個怪人，可以說是如今世上，碩果僅存，唯一的盜墓專家。

我看到他出現，感到十分高興，原因很簡單，因為早些時，我曾進入過一個敢稱是人類歷史上最偉大的古墓，那簡直是不可思議的地下宮殿。齊白既然是盜墓專家，我就想和他談談這個超級古墓。

我走過去，在他旁邊坐下。只見他雙眼睜得老大，盯着天花板，失神落魄，過了半晌，又大口喝了三口酒，再長嘆一聲。

看到他這樣情形，我忍不住笑了起來：「怎麼一回事，借酒消愁？」

齊白苦澀地道：「人生真是太沒有意思了。」

我哈哈大笑，這種話，出自多愁善感的少年男女之口，尚且可笑，何況是齊白這種一生充滿了傳奇，生活多姿多采得難以形容的人，聽得他一本正經這樣說，真是沒法子不捧腹大笑。

齊白又嘆了一聲：「衛斯理，很多人說你沒有同情心，我還經常替你辯護。」

我聽得出他的聲音之中，充滿了懊喪，看來他真正有了煩惱，作為好朋友，自然不適宜在這種時刻，過分取笑，所以我止住了笑聲：「好了，什麼事？是不是可以說出來，讓老朋友分擔一下？」

齊白陡然跳了起來，伸手直指着我：「一切全是你引起的。」

我怔了一怔，不明白何以他這樣指責我，我們沒有見面已經許久，而他的煩惱，看來是近期的事，那關我什麼事？

我沒有爭辯什麼，只是盯着他，等待他作進一步的解釋。他喘了幾口氣，又坐了下來，垂頭喪氣地道：「你那篇記述，《活俑》，你那篇記述！」

我陡地震動了一下，剎那之間，我完全明白發生什麼事了！

《活俑》記的正是我進入世界上最偉大古陵墓的經過：秦始皇的陵墓。

齊白是盜墓專家，他對於古代的陵墓，有着一種瘋狂的熱情，那種熱情，近乎變態。對他來說，沒有什麼再比秦始皇陵墓，更可以吸引他！

或許由於看到了我的這個記述，或許是他早已有此「凌雲壯志」，不管是什麼，他一定去了那邊，想進入秦始皇的地下陵墓去。

而看他如今的樣子，這個偉大的盜墓專家，顯然在秦始皇陵墓前，遭到了巨大的挫折，他明知那麼偉大的陵墓就在腳下，可是他可能連入口處都找不到。

他受了那麼大的挫折，自然垂頭喪氣，覺得連人生也變成灰色了。

我想通了他之所以這樣子，就低聲問道：「你去過了？」

他點了點頭，我又問：「多久？」

齊白嘆了一聲：「說出來真丟人，足足一年。」

我作了一個手勢：「什麼也沒有得到？」

齊白瞪了我一眼，又低下頭去，雙手托着頭，吸了一口氣：「我本來以為我比地鼠還要機靈，地底下有什麼地方是我去不到的？而且，我還有第六感，知道地下有着什麼，這是我作為一個盜墓者的天生異能。」

我笑着：「我還以為你有傳說中的法寶，譬如說，一面鏡子，向地下一照，就能看到三十六尺深地下所埋藏的一切。」

齊白用力揮了一下手：「我在那邊一年，公布出來的陵墓面積是五十六平方公里，我幾乎踏遍了每一處，我清楚地知道，在我雙腳踏過之處，地下埋藏着不知多少寶藏，但是卻無法進入，這真是不可思議——」

我想起，卓齒，這個秦代的古人，曾向我詳細解釋過秦始皇陵墓中的種種防止外人進入的佈置，不禁吃驚於齊白的大膽。

因為齊白這樣說，他顯然曾用了各種方法，企圖進入地下宮殿。

我不禁搖着頭：「你太膽大妄為了，你能活着離開，已經算是你神通廣大了。」

齊白苦澀地笑了起來：「你是指墓中有着無數陷阱？嘿嘿，我要是有機會遇上那些陷阱，也心甘情願，事實上，我花了一年的時間，還是只在地面之上，轉來轉去，你以為我會有什麼危險？」

聽得他這樣說，我也不禁有點替他難過，這個人，一生之中，不知進入過多少古墓，所有的古墓，只要是略具規模，或多或少，都有防止外人侵入的陷阱，那些陷阱，自然難不倒齊白。

可是這一次，他卻連碰到陷阱的機會都沒有，也就是說，明知有那麼大的地下陵墓在，連如何着手都不能，別說其他了。

我不知道該如何安慰他，因為那是他一生之中最大的挫折，足以令他懷疑自己盜墓的才能！

齊白這個人，如果不盜墓，不知道去做什麼好，難怪他要感歎人生沒有意義了。

他長嗟短嘆，我想了一想：「那也不能怪你，當年窮數十萬人之力建成的陵墓，你想憑一己的力量去破解，當然沒有可能。」

齊白抬起頭來：「你不懂，這不是鬥人多，也不是鬥力，而是鬥智。」

他說着，指着自己的前額，用力戳了幾下：「是鬥智。這一年來，證明我的智力，及不上三千年前，建造陵墓的那些設計家。」

我只好道：「由你設計一座隱秘的陵墓，讓他們去找，也未必找得到。」

聽得我這樣說，齊白側頭想了一想，精神振作了一些：「也有道理，把東西藏起來容易，要找出來，就難得多了。」

我作了一個手勢，表示同意他的說法。他又道：「根據你的記述，那個入口處，如果我在，一定早可以找到入口處在什麼地方。」

我道：「我相信，當時我和白素都想起過，可是又不知道如何才能找到你，不然，一定會邀請你一起前去。」

一聽得我這樣說，齊白又現出了懊喪莫名的神情。一個人只有在他認為錯失了一生之中最好的機會，或是認為錯失了一生之中最美好的物事，才會有這樣懊喪的神情。

他手揑着拳，在自己胸口搥打着：「當時我還不覺得什麼，自信可以在那裏，至少找到三個以上的入口處。可是我踏遍了那個地方，卻一個都發現不了。譬如説，如果再有一個九塊石板鋪成的所在，我一定可以發現。」

我皺着眉：「每一個出入口，一定不一樣。隨便舉個例子説，在一叢灌木之下，可能就是一個出入口，你總不能把周圍幾十公里之中的每一棵樹，都連根掘起來看看。」

齊白搔着頭，我又道：「你真應該慶祝，你沒有發現什麼出入口，不然，就算你找到了，只要進去的步驟，有一點點不對，你早已死在那裏了。」

齊白長嘆了一聲：「真是鬼斧神工，衛斯理，這座陵墓，不是地球人建造的，策劃整個工程的，一定是外星人，一定是。」

他忽然轉換了話題，本來我想笑他幾句，但一想到，他如果覺得自己是輸在外星人手裏，或許心理上不會那麼難過，所以我不置可否。

齊白卻十分認真：「有過外星人在秦代出現過的記載，你是知道的了。」

我笑了起來：「沒有，我還是第一次聽人那樣說，你有什麼根據？」

齊白用訝異的神情望了我，彷彿我絕不可能不知道，我又作了一個手勢，表示我真的不知道，他才道：「真怪，我以為你早知道。晉朝干寶所作的《搜神記》，卷六就有一則記載着——」

他講到這裏，我已明白他說什麼了，所以我立時接了上去：「我知道了，那記載是『秦始皇二十六年，有大人長五丈，足履六尺，皆夷狄服，凡十二人，見於臨洮……』是不是？」

齊白道：「是啊，你知道。」

我笑了笑：「齊白，這一類的記載，中國的小說筆記之中，不知道有多少，那作不得準，更不能由此申引到那是外星人降落地球的記錄。」

齊白陡然叫了起來：「你怎麼啦，衛斯理，這記載雖然簡單，可是有時間，有地點，有人數，有這種異常人的身材大小，有他們的服飾，這麼詳細的記載若是作不得準，那還有什麼可以作準？」

他一口氣講了下來，我仔細想着他的話，倒真覺得很難反駁。

我只好道：「你喜歡作這樣的設想，那也無傷大雅。」

齊白大搖其頭：「不是設想，記載得明明白白，中國文字上的記載，很少有這樣明白的。臨洮就是如今甘肅省岷縣，這地方，是秦代築長城西面的起點，有着特殊的意義。」

我已經猜到他接下去要講什麼了，這令得我大是駭然，忙道：「你的想像力比我豐富，我承認，拜託，別把你想到的講出來，我怕受不了。」

齊白神采飛揚，和剛才的垂頭喪氣，大不相同：「為什麼不能講出來？從來也沒有人這樣設想過，是不是？你當然知道，萬里長城，是在太空中可以用肉眼看到的建築物。」

我發出了一下悶哼聲，他將要講的，和我所料的一樣。

他果然講了出來：「萬里長城的真正功用，是作為外星太空船降落地球的指標，就如同今日飛機場跑道上的指示燈一樣。」

我只好看着他，聽他發表偉論。

他又道：「照這樣推測下去，整個地下宮殿，根本也不是作為陵墓用的，是外星人在地球上的一個基地，後來不知由於什麼原因，才變成了秦始皇陵墓。那十二個外星人，不知是來自什麼星體，他們一定有着極其超卓的能力，極發達的科技……由古代的度量衡推算，這十二個外星人的體型十分巨大，每一個都超過十公尺，而且他們的服飾，一定十分怪異，當時人根本沒有見過，所以就只好籠統稱之為『夷狄服』。」

我見他這樣堅持，也不想和他爭論下去，因為這種事，爭下去永遠沒有結果。

而齊白對這則簡短的記載，還真有不少獨特之見，他又道：「這十二個高大的外星人，一定曾和秦始皇見了面，而且，還一定幫了秦始皇的什麼忙，所以秦始皇替他們立像，十二金人像，就是這十二個外星人的像，可惜十二金人歷史上雖有記載，卻不知道到什麼地方去了，記載說由於金屬的缺乏，要盡收天下兵刃來鑄這十二金人像，其巨大可知，這十二個金人像，恐怕也在陵墓裏面。」

我伸了一個懶腰：「秦始皇若是有外星人相助，他也不會那麼早就死了，一定會像他所想的那樣，千秋萬世傳下去。」

齊白「嘿」地一聲：「誰知道其中又有了什麼意外？照我推測，秦始皇想求長生不老的靈藥，多半也是外星人的指點。可憐他以為蓬萊仙島是在地球上，據我看，所謂蓬萊仙島，自然是地球之外的另一個星球。」

我笑着：「是，有人說，《山海經》根本是一本宇宙航行誌，現在人在考證『扶桑』是日本還是墨西哥，根本沒有意義，在《山海經》中記載的稀奇古怪的地方和那地方的生物，根本全是地球之外的，是浩渺宇宙之中別的星體上的情景。」

齊白十分興奮，說了一句中國北方土語：「照啊，這才有點意思，你現在承認在秦代，的確是有外星人到過地球，曾和當時的人，尤其是高層人士，像秦始皇，有過接觸。」

我搖頭：「根據我所説的，不能達成這樣的結論。我至多承認，在那時候，中國歷史上秦、漢時代，神秘事件特別多，那倒是真的。」

齊白站了起來，來回走了幾步，我想了一想剛才的對話，感到他不會無緣無故提起這些問題來，一定另有原因，所以我道：「你有什麼話要説的，痛快一點説出來，比較好些。」

齊白停了下來：「好像瞞不過你，你知道，我下了一年功夫，也不是一無所獲。」

我望着他，不知道他這樣説是什麼意思，剛才他還説，連一個入口處都找不到，那還會有什麼收穫？齊白隨即解釋着：「在眾多的盜墓方法之中，有一種古老的方法，源自中國的盜墓者，這種方法，叫作『探驪得珠法』。」

我笑了起來：「這是你那一行的行語，我聞所未聞，探驪得珠法？名稱何其大雅！」

齊白點頭：「是的，首先採用這個方法盜墓的，是中國四川一帶的盜墓者，據說，這種盜墓法，是由四川自流井一帶，鑿鹽井的技術中衍化而來。四川的鹽井開鑿技師，可以用特殊的工具，深入地下好幾百公尺，將需要的鹽汁汲取上來。」

我有點駭然：「你的意思是，那種方法，是不必進入墓穴，也不必弄開墓穴，而使用特種工具，把墓中的東西取出來？」

齊白的神情很有點自傲：「正是如此。」

我又呆了半晌：「好，那你用了這種特殊的盜墓法，取得了什麼？」

齊白眨了眨眼，道：「你應該先聽聽我的經過，我想到，這麼大的陵墓，裏面幾乎有所有的一切，隨便找一個地方，用探驪得珠法，總可以找點東西出來的——」

我不等他講完，就道：「別對我說經過，你究竟找到了什麼？剛才你還說一點成績也沒有，你這滑賊。」

齊白狡猾地笑着：「要是我走一遭，花了一年的時間，竟然什麼也弄不到手，那早就一頭撞死在那裏了，這點能耐都沒有，還做什麼人。」

我的好奇心被他的話引至不可遏制的程度，大喝道：「你究竟弄了什麼東西到手？」

齊白笑得更狡猾：「我太清楚你的為人，如果我一下子就告訴你，你就不會再聽我的講述了。」我向他的身上，上下打量着。可想而知，用那種什麼「探驪取珠法」，不可能把大件的東西弄到手，一定是十分細小的物事，那麼，如果他弄到了什麼，一定藏在身邊。這時，我真恨不得在他身上，徹底搜查一番，可是他顯然不會讓我這樣做，所以我也唯有裝出毫不在乎的樣子，甚至還打了一個呵欠。

齊白仍在發表他的盜墓術：「這種方法之所以有這樣的一個名稱，是由於它是專門用來盜取死人口中所含的那顆珍珠。大富大貴人家，有人死了，千方百計，不惜重金，一定要找到一顆又大又好的珍珠，含在口裏，據說可以維持屍體不敗，也可以令得死者的靈魂，得到安息。」

我不去打斷他的話頭，取了一隻杯子，倒了半杯酒，心中着實想把那隻杯子，塞進他的口中去。

齊白嘆了一聲：「你別性急，我這樣詳細講，你聽下去就知道，是有理由的。」

我怒極反笑：「哈哈，我有性急嗎？我甚至於催都沒有催你。」

齊白揮了一下手，仍然自顧自說着：「精於使用這個方法的盜墓者，算準了方位探下去，能夠一下子就把整個墓中最值錢的那顆珍珠取出來，真是神乎其技，神不知鬼不覺，這是盜墓法中最高級的技巧，我當年向一位老盜墓人學這門功夫，不知花了多少心血才學成功。」

我喝着酒，故作不急。齊白這時在講的事情，不是沒有趣，但是他分明已在秦始皇的陵墓之中，得到了什麼，卻又故意不肯講出來，這很令人氣憤。

他又道：「自然，這個方法，怕遇到棺木之外有廓，如果是石廓，也還有辦法，不過要花十倍以上時間，才能將石廓弄穿，如果是銅廓，那就一點辦法也沒有了，你明白嗎？」

我只是定定地望着他，看他還能說多久。

可是他接下來所說的話，卻令得我心中不由自主，「啊」地一聲，覺得他這樣詳細地敘述那種「探驪得珠法」，真是有點道理的。

他繼續說着：「現在你應該明白了，使用這個方法的整個過程，是鑿一個洞孔，把特殊的工具伸進了，取得所要取的東西。這是古老的傳統方法，如果稍用現代化的科技改進一下，這方法可以有多少用途？」

我聽到這裏，已經吃了一驚：「你是說，可以把炸藥放下去，把墓穴炸開來？」

齊白點頭：「當然可以，但是這種形式太暴力，沒有藝術，要弄清墓穴中的情形，大可以——」

我不等他講完，就陡地叫了起來：「等一等。」

然後我吸了一口氣：「可以……放一支微型電視攝像管下去，如果附有紅外線攝鏡，那麼，就算墓穴中漆黑一片，也可以通過聯結的熒光屏，看到墓穴中的情形。」

我一面說，齊白一面點頭。

我由衷地道：「齊白，你真是對付古墓的天才。」

齊白聽得我這樣稱讚他，大是高興：「我還有更偉大的設想，我個人的力量，用傳統的方法，成不了什麼大事。如果有財力和人力，大可以用採油鑽機，在那五十六平方公里的土地上，打上幾千個深孔，都利用電視攝像管，把下面的情形，弄得一清二楚，發掘既然不可能，弄清楚下面究竟是什麼情形，也是好的。」

我呆了半晌，才道：「這真是偉大的設想，而且，理論上是可以行得通的，鑽油機的探測，可以深達好幾千公尺，地下墓穴，絕不可能這樣深。要是真有那樣深，你的『探驪得珠法』，只怕也是無從施展。」

齊白呆了片刻，像是在想應該怎樣講才好：「我看了你的記述之後，到了那裏，自然先從牧馬坑下手，找了許久，找不到出入口，我就開始鑽穴。」

我皺了皺眉，想起卓齒他們，若是忽然看到有一根管子從上面通了下來，不知道會有什麼反應。我對齊白的行動十分不滿：「你明知牧馬坑下面有人，還要這樣做，太過分了！」

齊白卻一點也沒有羞愧之意，或許那是盜墓人的道德和普通人不同的緣故。他道：「我是故意的，我心想，或許能將他們引出來，就可以請他們帶我進入地下陵墓。」

我悶哼了一聲，沒有再說什麼，齊白苦笑了一下：「不過你放心，我失敗了，打下了五公尺左右，便遇到了阻礙，我估計，不是十分堅硬的石層，就是有金屬的防護罩，一連換了十處，皆是如此，所以我就放棄了，不再打牧馬坑的主意。」

我聽他這樣講，才鬆了一口氣。齊白續道：「我就在陵墓所在的範圍之內，到處鑽穴，有時淺，有時深，但都未能打得通，總是遇到了阻礙，在試了超過幾十次之後，我真是懊喪極了，要知道，打一個穴，至少得三天時間，而且工作十分艱苦，全是手工操作，要是真能利用鑽探的機械設備，那自然大不相同。

「我自己告訴自己，再試三次，若是不行，那就作罷，另外再想辦法，真是皇天不負有心人，試到第二次，在十公尺之後，我感到已經鑿通了，這令人歡喜莫名，我大叫大跳，不過沒有人來分享我的歡樂。」

我又好氣又好笑：「要是有人來分享你的歡樂，你早已鋃鐺入獄了。」

齊白揮舞着手，彷彿當時的歡樂，延續到了現在：「我就把微型電視攝像管放了下去，並且聯結了電視熒光屏的攝影設備——」

他講到這裏，伸手入上衣袋，取出了一疊明信片大小的照片來。

他道：「這就是拍攝的結果，據你看來，這是一個什麼所在？」

我接過了照片，深深吸了一口氣，這個盜墓專家，真是有辦法，竟然拍攝到了幾乎無法開掘的秦始皇地下陵墓中的情形。

照片相當模糊，自然是攝影環境不理想之故，雖然有紅外線裝置，也一樣不是很看得清楚。

我一張又一張看着，一面表示着我的意見：「好像是一個空間……一間地下室，這地下室的四壁都有着裝飾，看來……像是書架？」

我講到這裏，抬頭向他望了一眼，想聽聽他的意見。在照片上看來，那房間的四壁，的確有着如同架子般的裝置。

齊白道：「我只敢說是一種架子，而且架子上有不知是什麼東西，看不清楚。」

在那間房間的正中，有着一張看來像是八角形的桌子，桌上也隱約放着一點東西，體積相當小，也看不清楚是什麼玩意兒。

看完了照片，我道：「毫無疑問，這是一個墓室，但一定不是地下陵墓的主要組成部分，因為看起來，十分簡陋，一點也不富麗堂皇。」

齊白皺着眉，看來不同意我的意見，但是他又不說什麼，態度神秘兮兮，過了一會，他才指着照片上，那八角形的桌子：「這桌上有點東西，不是很大，我可將之盜出來，當時，我收起了電視攝像管，開始利用特製的工具去取桌上的那些東西。

「我本來是想多取幾件的，因為那些東西的體積都不大，探驪取珠法，本來專為取珍珠而創造的，也只能取小而輕的東西。

「一連幾次，我都感到，深入墓穴的一端，已經抓到了什麼，可是，卻無法取上來，因為抓到的東西，重得出乎意料之外，體積雖小，卻因為過於重，而每次都跌落下去。」

我靜靜聽他講着，在照片上看來，八角形桌面之上的東西，形狀很不規則，看來像是……有點像是乾了的果子。

但如果那些小東西這樣重，那可能是金屬鑄成的。

所以，我問了一句：「那些東西，如果是銅的，或是鐵的，那就弄不上來了？」

齊白咬了咬牙：「情形大抵是這樣，試了七八次不成功，我又把電視攝影管放了下去，發現桌面上，我可以取得到的東西，只有一件了，其餘的，全都跌到不知什麼地方去了。那時，我真是又急又失望，要是這一次再不成功，我就沒有希望了。我真怪自己帶的工具太少，若是我有一具金屬探測儀，那麼至少可以知道這些東西是什麼質料。」

我笑了一下：「你終於將這最後一件東西取上來了，何必故佈疑陣。」

齊白笑了起來：「我不是故佈疑陣，而是想你知道，世界上只有我一個人有這個技巧，可以把那麼重的一件東西，用探驪得珠法取上來，這需要有感覺靈敏之極的手指，也需要有鎮靜之極的頭腦和無比的耐心。」

我鼓了幾下掌：「真偉大。」

齊白理所當然地承受了我的「讚美」，然後，他自口袋之中，摸出了一隻絨布盒子，放在几上，向我略推了一下：「我取上來的，就是這個東西，我不知道它是什麼，所以來聽你的意見。」

這傢伙，一直到現在，才算是說到了正題。我取起了那普通放首飾用的小盒子，打開，看到了盒子中的那個東西。

一看之下，我也不禁一呆，抬頭向齊白望了一眼，齊白的神情一片迷惘。

盒子中的那東西，我相信不會有人一看之下，就可以說出那是什麼來。它大約有一枚栗子那樣大小，而形狀完全不規則，相當重，有着金屬的青白色的閃光，看起來像是不銹鋼，而它是一個多面體，一時之間也數不清究竟有多少面，如果曾見過黃銅礦礦石，那形狀就有一點相似。

可是這塊東西，卻絕不是天然礦石結晶，一看就可以看出是精細的工藝鑄造。它的每個表面，大約是三平方厘米左右，形狀不一，有的是正方形，有的是長方形，有的是三角形，甚至也有六角形和八角形。

在那些小平面上，有着極細極細的刻痕，細得手摸上去，感覺不到，但是看上去，卻又顯然可以看到。

這樣無以名之的一件金屬製品，如果不是齊白說出了經過，而且由他親手交給我，我決計不會料到那是在三千年前的秦始皇古陵寢中取出來的。

齊白又在發問：「這是什麼東西？」

我把那東西在手中掂了掂，實在無法回答這個問題，只好道：「看來像是什麼案頭的小擺設，一種沒有目的的小玩意。」

齊白當然對我的回答不滿意：「如果我不告訴你這東西是哪裏來的？」

我道：「那我怎麼猜也猜不到它是來自一個古墓，這東西看起來十分現代。」

齊白點頭：「而且，還帶有極強的磁性，放在口袋中，我的一隻掛表染磁，不再行走。」

我「噢」地一聲，立時把那東西移近茶几的金屬腳，那東西「啪」地一聲，就貼了上去，要費相當大的力道，才能拉得下來。

當齊白不知第幾次問「那是什麼」之際，我只好嘆了一聲：「就這樣看，看不出來，何不交給化驗室去化驗一番？」

齊白大搖其頭：「那不行，這東西，可能是我一生從事盜墓，所得到的最尊貴的寶物，化驗會弄壞了它。」

我沒好氣地道：「是啊，這是一件異寶，每當月圓之夜，它會放出萬道毫光，使你要什麼有什麼，或者會點鐵成金，會——」

我還沒有說完，齊白已一伸手，將那東西搶了回去，鄭而重之握在手中：「總之，這十分怪異，使我更有理由相信，秦始皇和外星人打過交道，這東西，可能是外星人留下來的，說不定是一組什麼儀器中的一個組成部分，一個零件。」

我仔細想了一想有關那十二個「大人」的理論，沉吟着：「如果你有這樣的假設，那更應該拿去化驗，不一定要破壞它，至少可以知道一點梗概。」

齊白猶豫了一下：「好，我去試試，如果查下來，只是一塊奇形怪狀的金屬，什麼也不是，那麼我會將它鑲成一隻鑰匙扣，倒很配合我的身分，來自秦始皇墓，不知用途的怪東西，作為世界第一盜墓人身上的小飾物，誰曰不宜？」

我道：「簡直相宜之極。」

我一面說着，一面又重複去看那幾張照片，數了一數，在那八角形的桌面之上，可以看到一共有七件這樣的小東西。雖然它們的形狀，即使在模糊的照片上，也可以看出多少不同，但是推想起來，應該是同類的東西，那究竟是什麼？真是耐人尋味。

第二部

# 具磁力的異寶

我再細看那房間四壁的「架子」，看到「架子」上實在有不少東西放着，但是卻看不清楚。

看了一會，我道：「照看，這是一間放置小雜物的房間，這些東西，或者是當時的小玩意。磁鐵有吸力，古人不明其理，自然會覺得十分好玩，成為小玩意，也就不十分奇怪。」

齊白側着頭，仔細在想着我的話，過了片刻，才道：「有可能，但是……那十二個身形十分巨大的人……」

我攤了攤手：「好了，就算他們是外星人，也一定早離開了。」

齊白搖頭：「難說，他們要是在地下建立了那座龐大的基地——」

我打斷了他的話頭：「如果秦始皇陵墓，真是外星人的龐大基地，那麼你這樣肆意破壞，只怕就大難臨頭了，那十二個巨人的腳有多大？」

齊白道：「記載上說：足履六尺。」

我笑道：「是啊，那麼大的腳，在你屁股上踢上一腳，只怕就能把你踢到爪哇國去。」

我講着，轟笑了起來，齊白的神情，十分倖然：「我確然從一個古墓之中，取出了一件全然不應該屬於古墓中的東西，你總不能否認這一點。」

我笑道：「你這種說法不能成立，既然那東西是來自古墓之中，那麼，它根本就屬於古墓的。」

齊白搖着頭：「我不和你玩語言上的花巧，至少，你就說不出那是什麼東西來。」

這一點，我不得不承認，我的確無法說得出那是什麼東西來。齊白見我無話可說，得意了起來，將那東西向上一拋，又接在手中：「人人都說秦始皇的陵墓有無數奇珍異寶，我總算弄到了一件。」

我瞪大了眼睛望着他：「你不是認真的吧，你連這東西是什麼玩意兒都不知道，就認為它是異寶？」

齊白長吟道：「道可道，非常道——寶物要是一下子就被人認出，也不能稱為異寶，現在，以你和我兩人的見識，尚且說不出是什麼東西來，可見必屬異寶無疑。」

我用心想了一想，覺得齊白這樣說法，也很有道理。那樣大小的一塊鑽石，至少有一百克拉了，就算是純淨無疵的，價值也有了定論，唯有那東西，根本不知道是什麼，就有可能有着無可估計的價值，又怎知它不是一件異寶呢？

所以我道：「你說得有理，若是你要開始研究，我會盡力幫助你。」

齊白把那東西不住拋上去又接住：「準備你的客房，我想住在你這裏，隨時和你討論。具體的工作，讓我去進行，不會打擾你。」

我由衷地道：「歡迎之至！」

齊白十分有趣，知識廣博，幾乎無所不能，能夠經常和他見面，自然是有趣的事，更何況他還「身懷異寶」。

我把自己的意思說了出來，齊白哈哈大笑，我和他一起到了樓上，指了指客房的門，他打開門，轉過身來：「我只是在你這裏住，一切起居飲食，我自己會處理，不必為我操心。」

我笑着：「我明白，除非你自己願意做什麼，不然，就當你不存在。」

齊白大聲道：「正合孤意。」

他說着，「砰」地一聲關上了門，我也進了書房，做自己的事。那天白素一早就出去了，等她回來時，齊白還在房間中。

我那時，正在整理一些有關那座石山，石頭上的奇異花紋的資料，白素到了書房門口說：「來了客人？」

我道：「是，齊白，那個盜墓天才，在客房休息，我和他的談話十分有趣，你可以聽錄音。」

為了日後整理記述一些發生過的事比較方便，我在和朋友作有關的談話時，都有進行錄音。白素答應了一聲，我聽得她下樓去，然後過不多久，她又出現在書房門口：「你忘了按下錄音掣了。」

我怔了一怔：「怎麼會？我明明記得的。」

白素揚了揚手中的小型錄音機：「錄音帶運轉過，可能是機件故障。」

我搖頭道：「真可惜，那是十分有趣的一段對話，他假設萬里長城有指導外星飛船降落的用途，也假設秦始皇那巨大的地下陵墓，本來是外星人建造的基地。」

白素忍不住笑，雖然我們都想像力十分豐富，但是聽了這樣的假設，也不免會失笑。她走了進來，我把這一年來，齊白做了些什麼，簡略告訴了她。然後我道：「等他現身時，你可以看看他那件異寶，真是相當奇特。」

白素呆了半晌：「照這種情形看來，齊白的假設，不是沒有可能。」

我道：「我也不作全面否定，只是想起來，總有一種駭然之感。」

白素抬頭向上，望了一會，才緩緩道：「既然可以有許多外星人，在古埃及的神廟，或其他地方的古建築中找到他們到達過地球的證明，何以他們不能在那時到達中國？自然也可以的。」

她說到這裏，忽然道：「客廳裏的幾隻鐘都停了，怎麼一回事？」

我陡地怔了一怔，向放在桌上的那隻小型錄音機看了一眼，檢查了幾個掣鈕：「齊白說，他得到的那『異寶』的磁性極強，他的一隻掛表，完全不能用，我看錄音帶上沒有聲音，鐘全停了，只怕全是那東西的磁性在作怪。」

白素有點訝然：「要是磁性強到這種程度，那顯然不是天然的磁鐵礦石了。」

她的話才出口，門口就傳來了齊白的聲音：「誰說是礦石？這是精工鑄造出來的。」

看來，他已經洗了一個澡，精神好了許多，一面說着，一面走進來，把他所稱的那件「異寶」，交到了白素的手上。

白素翻來覆去，看了半晌，又望向齊白。齊白完全明白她這一眼的意思，立時舉起手來：「以我的名譽保證，這東西，從秦始皇陵墓中取出來。」

白素又看了一會，把那東西還了給他：「我不知道這是什麼，看來得借助科學的化驗，憑空想像，不會有什麼結果。」我站了起來，當我一站起來之際，我發現桌上的一隻跳字電子鐘，上面所顯示的數字，混亂之極，而且在不停地跳着。

我忍不住叫了起來：「這東西是不是什麼奇珍異寶，不得而知，但是它能破壞！」

我一面說，一面指着那隻鐘。

白素和齊白兩人，也「啊」地一聲，我道：「幫幫忙，我書房裏的精密儀器不少，我不想它們完全失效，快收起你的寶物吧。」

齊白卻非但不收起那東西，反倒移近了那隻鐘，當那東西接近鐘的時候，鐘面上的字，跳動得近乎瘋狂。

齊白有點目定口呆地問：「這是什麼現象？」

我沉聲道：「強烈的磁場干擾，或者是磁場感應，又或者是磁性引起了分子電流的變化。」

白素道：「若不是經過強磁處理，天然的磁鐵決不會有這樣強的磁性。」

齊白抓着頭：「強磁處理？你是指電力加強磁性的處理過程？」他講到這裏，向我望了過來：「衛斯理，我的推測，已經有證明了。」

我沉吟了一下，眼前的現象，真是十分怪異——這種現象，其實十分普通，經過電磁處理，可以發出強大的磁力。但是那東西來自秦始皇陵墓，這就十分怪異了。

我未曾出聲問，齊白已經道：「我和此地大學的幾個物理學家都相當熟，我這就去找他們，讓他們檢驗一下。」

他把那東西緊緊握在手中，望着我們，想了一想，才又道：「我不會再對任何人說起這東西的來歷，也請兩位別對任何人說起。」

白素淡然道：「對，不說這東西的來歷，檢查工作比較容易進行。」

我一揮手：「你放心，我們不會逢人便說，所以你也別擔心會有什麼異寶爭奪戰上演。」

齊白不好意思地笑了笑，握着那東西走了。

我和白素，開始檢查書房中其他各種各樣的儀器，發現其中凡是和磁、電有關的，都受了影響。

一些錄影帶完全沒有了畫面，像是經過了消磁處理。

而在桌面上的一些小物件，只要是受磁物質，也都感染了磁性，一撮迴形針，可以一個接一個連接起來。

白素皺着眉：「這……東西的磁性之強，異乎尋常。」

我點頭：「是，或許那是一塊磁性特強的礦石，或者也可能是隕石，所以在當時被發現，就當作是奇珍異寶，送到了皇帝的手中，結果也成為殉葬品。」

我又補充道：「我這樣說，並不是想否定齊白的假設，而只是可能性大一點。」

白素不置可否，想了一會，才道：「等齊白回來，聽他怎麼說吧。」

接下來的時間，我都在「善後」，那塊小小的東西，只不過出現了一陣子，可是引起的破壞真不小，可以稱之為一場磁暴。

（「磁暴」這個名詞，有它特定的意義，我這裏自然只不過是借用一下這兩個字。）

齊白離去，我估計他下午會回來，可是等到天色漸黑，他還沒有出現。

當天晚上，我和白素要去參加一個聚會，反正齊白說過，一切都不用我照顧，所以到時，我們就離開了住所，一直到午夜時分才回來。

我們一進門，就看到茶几上，放着老大的一張白紙，上面龍飛鳳舞寫了兩行字：「此間專家無用，我赴他地作進一步求證。齊白。」

我一看到齊白留字走了，不禁呆了半晌：「這像話嗎？」

白素也不以齊白的行動為然，無可奈何地笑着：「他要是走了，也追不回來，只好由得他去。」

我咕噥了幾句，氣憤難平：「他下次再來求我，多少要叫他吃點苦頭。」

當晚沒有什麼可說的，第二天，我實在氣不過，和此間大學的物理學家，聯絡了一下，約好了在晚上見面。到了晚上，三位客人來到，他們雖然都有着世界著名大學物理學博士的銜頭，但是看起來，年紀都相當輕，其中一個一面握手，一面呵呵笑着：「衛先生，在你的記述之中，有着許多地方，誤導和不符合科學事實，也有的，實在太簡單了。」

我笑了笑，並沒有為自己說什麼。

有這種情形，一方面，在記述的事件之中，有許多根本不是人類現代科學的觸角所能觸及，怎可能作詳盡的解釋？再一方面，我始終認為，科學家固然必須正視現實，但也必須同時有極豐富的幻想力。

我約這三位博士來，不是為了討論這個問題來的，自然不必在這方面多費唇舌。我提起了齊白，他們三人道：「這個人，真是一個妙人。」

我道：「昨天他和你們見過面？」

三人一起點頭，一個道：「是，他帶來了一塊磁性極強的合金，那是鐵、鎳和鈷的合金，這三種金屬，都最容易受磁，那塊合金的磁場強度極高，自然是經過強化磁性處理的結果。」

我問：「以三位看來，那究竟是什麼東西呢？」

三位博士一起笑了起來，另一個一面笑，一面道：「昨天齊白也這樣問我們，但是不知為什麼，我們的回答，卻令得他十分惱怒。」

我揚了揚眉：「三位的回答是──」

三人互望了一眼，一個道：「是我先告訴他是什麼的，我告訴他，這是一種惡作劇的小玩意，像是有種電震器，放在手心之中和人握手，會使他人全身都感到震動。這塊合金由於磁場強度高，所以能令得一些和電、磁有關的東西失效，例如使鐘錶停止運轉等等，要來惡作劇用。」

我苦笑了一下，齊白一本正經去求答案，卻得到了這樣的回答，難怪他要大怒。

我道：「如果排除了這個用途──」

三人中年紀最長的那個，看來他很沉默寡言，在握手之後，一直沒有開過口，這時才道：「自然，也有可能，這塊不規則形狀的合金，和另外一些也具有極高磁場強度的組件，配合來使用，那就可以形成一種活動。」

我聽得相當吃力，科學家說話，有時就是這樣子。我道：「你的意思是，譬如說，這塊合金，可以是開啟什麼磁性的鑰匙？」

那位沉默的博士，點了點頭。

我吸了一口氣：「如果那塊合金，可以有這種用途，那什麼都可以做得到！」

這一次，輪到那三位博士不是很明白我的話了，一致用詢問的眼光望着我，我忙道：「我是想像的，譬如說，它能開啟一個鎖，而這個鎖，又是開啟一座大電腦，那麼，它就是大電腦的操作之鑰。」

除了那個沉默的博士之外，其餘兩個都笑了起來，一個道：「是啊，如果那座電腦，控制着越洲飛彈的發射，那麼，這塊合金，就可以引發第三次世界大戰。」

他的話雖然誇張，但那正是我的意思。

那位博士又道：「不過據我所知，沒有這樣強力的磁鎖，一般磁鎖只能引起磁性感應就可以。若是要藉磁性記錄什麼，也不需要這樣。」

另一位博士道：「所以，我們的結論才是：那是一種惡作劇的玩意。」

我笑了一下：「如果那是天然的礦石，是否有可能帶有這樣強大的磁場？是不是也有可能，那是一塊隕石，所以磁性才如此特異？」

三個人互望了一眼，一個道：「這不是我們研究的範圍之內的事。」

沉默寡言的那個補充了一句：「如果是隕石，當然也有可能，宇宙浩渺，誰能知道是不是真有磁性特強的隕石？不過……不過齊白持有的那塊合金……我看一定是人工合成的。」

這種說法，另外兩個也同意，其中一個還道：「是十分精密的工業製品。」

我沒有再說什麼，事實上，那塊合金不是礦石或隕石，一眼就可以看出來，問題就是它的來源如此奇特，使我不得不作這一方面的聯想。

那一個博士又問：「齊白以為那塊合金是什麼？何以他聽了我們的結論之後會生氣？」

我道：「誰知道，他可能設想這塊合金……有什麼特殊的用途。」

討論齊白的「異寶」，到此為止，既然有三位博士在，我趁機向他們問了不少磁力和電力的專門問題，那是物理學上相當複雜的知識，我原來的所知，只是普通常識，聽了他們深入淺出的解釋，一夕之談，倒真是增進了不少知識。

我們談得興致很高，等到送他們出門後，兩個年輕的博士先走，那位沉默的表示他住所就在附近，想散步回去，既然談得投機，我也就陪着他，一起散步。這位先生真是不怎麼喜歡講話，走了五分鐘，他都沒有開過口。

我剛想和他分手，卻發現他眉心打着結，像是有十分重大的心事，他也注意到了我像是想離去，用手托了托眼鏡：「我們對齊白帶來的那塊合金，所作的檢查，其實相當初步，不過也發現了一個奇特的現象。」

我放慢了腳步，他也走得十分慢，繼續道：「那合金有着許多不規則的表面，一共是七十二個不同形狀的表面，在那些表面上，都有過強力的電磁感應處理，那情形，就像是一卷經過電磁錄音的錄音帶。」

這是一個十分重要的發現，我忙問：「齊白不知道這一點？」

他道：「知道，當我告訴他時，他興奮得不得了，要求把磁場轉換成電信號——這正是錄音帶重播可以聽到聲音的原理，但是我不知道有什麼樣的儀器，可以使小表面上的磁場轉變成電信號，所以當時告訴他，那也有可能，只是強烈磁場的一種感應。」

我想了一想，索性停了下來：「現在的錄音帶和錄影帶，都是帶狀的，所以可以有連續的聲音和影像出現。但是在理論上，受磁的帶子，即使只有極小的一截，上面的聲音和影像，還是有的，只不過在時間上十分短暫。」

他點頭：「理論上是這樣，可是有什麼裝置可以使一塊不規則的合金的表面上的磁場轉換呢？」

我沒有再說下去，同時，我也知道了齊白急於離去的原因。

這種裝置，當然不能在普通的大學物理實驗室中得到，但一定有，就算沒有，就根據實用需要，設計製造一套，也不是什麼難事，只要理論上是可行的話，實行起來的困難也就不會太大。

齊白自然到美國或是這方面先進的國家去尋求答案了。

我們又談了幾句，他忽然笑了一下：「這塊合金，可以提供豐富的想像力。」

我忍住了，沒有告訴他這塊合金的來源，因為齊白不想別人知道。

和他分手，我安步當車，走回家去。這時已經是午夜時分了，街道上十分僻靜，我不急不徐的走着，愈來愈覺得齊白的設想，大有可能，公元前二百二十一年（秦始皇二十六年），在臨洮出現的那十二個巨人，真是來自外星？而這塊如今被齊白當作了異寶的合金，就是和這十二個外星人有關？我一面這樣想，一面仍然搖着頭，覺得設想是一回事，要去證實，又是另一件事。

雖然齊白在秦始皇陵墓中弄到的那個「異寶」，如此奇特和不可思議，但是單憑一件這樣的東西，就作出那麼龐大的，匪夷所思的推斷，也未免太過分了。

當晚，我和白素討論了許久，不得要領，我們都同意這件不規則的東西十分古怪，可是那究竟是什麼，卻連假設也無從假設起。

如果照那三位專家的意見，說那只不過是一件惡作劇的玩意兒，自然也可以，但是，在三千年前，誰會想得到這樣利用強磁的惡作劇？就算有人想到了，製造了出來，也沒有惡作劇的對象，因為那只對磁、電發生作用，那時根本沒有這一類東西，有的只是指南針，難道那東西是專為要人家迷失方向？

當然，這更加沒有可能了。

齊白把那東西去作進一步的研究，只要有結果，他自然會來告訴我。齊白這個人的行蹤，十分詭秘，他說走就走，也沒有說上哪裏去了，要找他，比大海撈針還難。

一連將近二十天，沒有齊白的消息，想來一定是沒有人能知道那是什麼寶貝。

那一天晚上，我有事出去，回來的時候，已經午夜。在我快來到家門口的時候，我看到有兩個人，自街角匆匆走了過來。這兩個人，顯然是早已等在街角，看到了我，向着我走過來的。

我就停了下來，那兩個人來到了我的面前，都是樣子十分精悍的中年人，十分有禮地向我打了一個招呼，其中一個道：「衛先生，你能不能抽一點空，接見一位十分想和你見面的人？」

請求是如此客氣，雖然我不知道這兩個人是什麼來歷，當然也不便拒絕。不過我當然也不會立刻答應，我只是道：「那要看，想見我的是什麼人。」

那兩個人互望了一眼，其中一個，伸手入袋，他的行動，使我略為戒備了一下，但是他取出來的，是一張名片。

那人取出了名片之後，恭恭敬敬，交在我的手裏，我一看，不禁呆了一呆。名片上銜頭極簡單：「蘇聯科學院高級院士」。名字是「卓絲卡娃」。一看那名片，我實在沒有法子不驚訝。來找我的人，各色人等都有，有的簡直想都想不到，可是總多少還有點道理。

可是一個蘇聯科學院的高級院士，來找我有什麼事情呢？我知道，蘇聯科學院院士的銜頭，已足以證明這個人是一個了不起的科學家，高級院士，自然更了不起，這個名字，看來像是一位女性，她來找我有什麼事呢？

我心中十分疑惑，向那兩人望去，那兩個人的態度，十分恭敬，在等着我的答覆。

我想了一想，道：「能不能請卓絲卡娃院士到舍下來？明天？」

那兩人忙道：「如果衛先生方便的話，院士同志十分鐘就可以來到府上。」

我心想，真奇怪，這位「院士同志」不但有事來找我，而且看來還是急事，連等到明天都等不及了。我點頭：「好，我恭候她大駕。」

那兩個人見我答應得那麼爽快，歡天喜地走了。我進了門，叫了兩聲，白素可能還沒有回來，她有什麼事在忙，除非是有必要讓我知道，或者是很有趣的事，不然，她很少會告訴我她在幹什麼，我也不會去理會她，早已習以為常了。

那位院士來得好快——我猜她一定早已等在街角的——我才坐下一會，就有門鈴聲，我打開門，看到了一個身形相當高大的中年婦女站在門口，一見我，就用十分流利的英語道：「衛先生，對不起，打擾你了，我就是卓絲卡娃，想見你的人。」

我連忙說了幾句客套話，把她讓了進來，一面打量着她。她年紀大約在五十五歲左右，灰白的頭髮十分短，身形又高大，而且衣着一點也不講究，所以單看她的背影，很難分辨得出是男是女。

她的臉型也很普通，但是卻有一種異樣自信的神情，這種神情，是由於她有着深湛的學識而自然形成，令人對之肅然起敬。

她坐了下來之後，就道：「我的拜訪，太突兀了，但是我實在想通過衛先生，尋找一個人，這個人對我極重要。」

她在才進門的時候，相當客氣，可是這時一開口，雖然是有求於我，但是語氣之中，卻帶有威嚴，有一股叫人不能拒絕的氣概在。

我略欠了一下身子：「不知你想找什麼人？」

院士挺了挺身：「這個人的身分，我們一直沒有弄清楚，只知道他持有南美秘魯的護照，但他顯然是亞洲人，他的名字是齊白。」

我一聽得她要找的是齊白，又是意外，又是訝異。齊白是一個盜墓人，他若是和蘇聯國家博物館發生關係，那還說得過去，和蘇聯的科學院，怎麼也扯不上關係。我發出了一下低呼聲，攤了攤手：「是他，這個人，要找他實在太難，事實上，我也正在等候他的消息，我在大約三個星期之前見過他。」

卓絲卡娃院士的神情很嚴肅：「你真的不知道他在什麼地方？」

她這種態度，令我感到相當不愉快，所以我簡單而冷淡地回答：「不知道，請你循別的途徑去找他。」

院士怔了一怔，嘆了一聲：「對不起，我畢生從事科學研究，不善於和人應對，是不是我有什麼地方做錯了？」

我笑了一下：「沒有，事實是，我真的不知道他在什麼地方。」

我說着，站了起來。院士再不善於應酬，也可以知道，那是我不準備繼續和她談下去的暗示。她也站了起來，可是神情十分焦急：「我們只能在你這裏找他，這是唯一的線索，我們和他談話的記錄中，他只提及過你的名字。」

我聽了，心中一動：「你們和他談話？那是什麼時候的事情？」

院士回答：「十天之前。」

我吸了一口氣，齊白到蘇聯去了，這個人也真怪，他要研究得自秦始皇陵墓中的「異寶」，哪裏不好去，美國德國英國法國，都可以去，為什麼跑到蘇聯去呢？如今，驚動了蘇聯科學院的高級院士，那麼急切要找他，是不是由於那件「異寶」之故？

我遲疑着，院士作了一個手勢，詢問我是不是可以再度坐下來，我忙道：「請坐，請坐。」

她坐了下來，我倒了兩杯酒，遞給她一杯，她略喝了一口，才道：「即使是我們的副院長，以前雖然曾和他打過交道，但也不是很清楚他的為人，他這次來找我們，是……是……」

她的神情遲疑着，像是決定不了是不是應該告訴我。而我根本不必她講，早就知道齊白是去幹什麼。他和蘇聯科學院的副院長，是怎麼認識的，我不知道，但既然有這樣的一個關係在，那麼，他帶着「異寶」到蘇聯去，也就十分正常，不足為怪。

所以，在院士遲疑間，我接了上去：「他帶了一件東西，去請你們研究，是不是？」

院士連連點頭：「是，那東西，那東西——」

我不由自主，坐直了身子。

院士的神情有點古怪：「將那東西交給科學院研究，簡直是一種侮辱。那只不過是一塊經過強化磁處理的合金。」

我還以為她對那東西有了什麼新的發現，所以才緊張起來，可是她對那東西，下了這樣的定論，這自然使我大失所望。

可是，如果「那東西」真是如此普通，她的神情，為什麼又是這樣古怪？我一面想，一面凝視着她，院士卻避開了我的目光，繼續道：「那東西其實並不值得研究——」她又重複了一遍，這就更使我心中雪亮了，這叫作欲蓋彌彰，我冷冷地道：「如果那東西真是不值得一顧的話，那麼，齊白這個人也不值得尋找。」

院士一聽得我這樣說，怔了一怔，現出相當尷尬的神情來，我又笑了一下：「看來，院士閣下，你真的不是很懂得如何處理人際關係，你的研究科目是——」

我故意把話題轉了開去，好使氣氛不那麼僵，一提到研究科目，院士立時又恢復了自信：「我是輻射能專家，尤其對太陽輻射能，有相當的研究，也是磁能專家——」

女院士介紹了她研究的科目，我陡然想起她是什麼人來了，對，就是她，卓絲卡娃，蘇聯的一個傑出女科學家。

第三部

# 一塊活的金屬

我想起她的名字，是由於她曾研究十九世紀時西伯利亞通古斯大爆炸。通古斯大爆炸，是近兩百年來發生在地球上的最神秘的事件之一，在荒無人煙的西伯利亞地區，突然產生了驚天動地的大爆炸，爆炸的威力，在幾百里之外，都可以感到。事後的調查，一直延續了兩個世紀，但是卻也一直沒有定論，有一派學者研究的結果，認為這次大爆炸，是一艘巨型的太空船失事所引起的。

因為在調查的過程中，有不少人，在爆炸之前，看見巨大的發光體，以極高的速度，自空中掠過，甚至遠在蒙古地區的商隊，也看到過這樣的飛行體。近二十年來，持此說最力的幾個科學家之中，這位卓絲卡娃院士，就是其中之一。

由於通古斯大爆炸，可以說是外星人來到地球的最確切的證明之一，所以我對於這次爆炸的資料和對它進行的研究報告，都曾十分留意過，才一看到院士的名片時，竟然一下子沒有想起來，真是失敬之至。

卓絲卡娃和其他科學家，到過爆炸的現場，發現一直到現在，經歷了那麼久遠，現場的輻射量，還是奇高，所以他們又進一步推測到，那艘失事的宇宙飛船，是核能推動的。

卓絲卡娃院士，還曾以她女性特有的感情，來分析爆炸發生在荒僻無人煙的西伯利亞，不是偶然，而是那艘宇宙飛船的駕駛者，避免傷及地球人的生命，而駕駛着機件有故障的飛船，找到了西伯利亞的原始森林，才墜毀的。她的這種設想，自然也有根據——在爆炸前，看到發光巨大飛行物體的人，可以遠溯到中國的西北地區，根據目擊者的記述，甚至可以畫出一條路線來。

我一想起她這樣出色，而且在觀念上絕不排斥外星人的存在，這自然使我對她的態度，大為改觀。

我不惜做前倨後恭的小人，甚至立時站起身來，向她鞠躬為禮。院士顯然不知道何以我的態度，會有如此巨大的改變，我不等她發問，已經道：「卓絲卡娃院士，原來是你，真對不起，我一直沒有想起你是誰來，你對通古斯大爆炸的研究，真是徹底之極。」

聽了對她的讚揚，她並沒有什麼特別的反應，只是道：「研究無法徹底，是由於那次大爆炸的破壞程度實在太徹底。我們一直試圖在現場找尋，企圖發現一些那艘飛船的殘骸，作為佐證，估計之中，那艘飛船，可能有一個足球場那麼大。由於爆炸的威力太猛烈，所產生的熱度，足以令任何金屬化為氣體，所以我們也一直沒有發現。」

我笑道：「不管有沒有發現，你們研究的結果，完全可以取信。」

院士對於我這樣「知音」，倒也十分高興：「謝謝你，我的研究報告，惹來不少反對的論調。」

我有點激動：「反對者根本提不出更合理的解釋！」

她大表同意，我們接下來，足足討論了半小時，都是談那次大爆炸，幾乎把原來的話題，完全忘記了。

等到討論通古斯大爆炸告一段落，我才道：「院士閣下，齊白帶來請你們檢查研究的東西，是不是很有點古怪，如果可能的話，請你老實告訴我。」

院士沉吟了一下：「那塊合金，經過強磁處理……可是……你別見笑，當我初看那塊合金時，我覺得研究這種普通的東西，對科學院院士來說，是一種侮辱。但是作了初步的磁場強度測試，我就完全改變了看法。」

她用這樣的方式，來轉一下彎，倒也十分聰明，因為現在，她顯然願意跟我說更多有關那塊合金的事了。

她停了片刻，才又道：「這塊合金的磁場強度之高，高到了令人不可思議的地步。磁場強度，有兩種表示方法，這是有關磁學之中，比較複雜的問題——」

我點頭：「你可以不必解釋，我明白磁場是電流或運動電荷所引起，而磁介質對磁場強度也有影響，我基本上明白。」

院士吁了一口氣：「那就好，我解釋起來，也容易得多。這塊合金的磁場強度，不可思議，而且在不同方法的測試之中，有着不同的結果，彷彿它所擁有的磁場能量，無窮無盡。」

我愈聽愈是駭然：「究竟強到什麼程度？」

她側頭想了一會：「無法估計，這塊合金是不規則的，一共有七十二個形狀不同的平面，每一個平面都蘊藏着極強的磁能，曾經使用的測試方法，每一次都是到達儀器所能顯示的頂點，究竟能量如何，全然不可知，因為沒有這樣的測試儀器。衛先生，你明白了嗎？」

我深深吸了一口氣：「我明白的，你是說，地球上沒有一種設備、沒有一種方法，可以知道這塊合金的磁能是多少。」

院士眨了眨眼：「對，從這一點上來説，你得出什麼結論？」

我再吸了一口氣，結論，自然只有一個：「這塊合金的磁化處理過程，不是在地球上進行的。」

院士陡然站起來一下，才又坐下：「是的，和我們在西伯利亞想尋找的那艘宇宙飛船一樣，我們認為這塊合金，是外星人帶到地球來的，究竟有什麼用途，全然不知。」

我不禁感到了一股寒意：作出這樣判斷的，是一位地球上一流的科學家！

我忙問道：「如果是破壞用途，它可以起到什麼樣的破壞作用？」

院士的神情極其嚴肅：「難以估計，遠在太陽上發生的磁暴，也可以影響到地球上的無線電通訊，磁暴形成的巨形太陽黑子，甚至還能影響人的思想，而人的行為由思想控制，所以，強大無比的磁能，所能引起的破壞，無法想像，包括使地球本身磁場破壞，使到每一個人都行動瘋狂。」

我的聲音有點乾澀：「這……太誇張了吧。」

院士有點無可奈何地一笑：「不是誇張，從理論上來說，是這樣子。當然，要使那麼強大的磁能發揮出來，要有極其複雜的裝置。等於使鈾二三五放射出巨大無比的核能，要有十分複雜的裝置一樣。重氫（氚）只不過是氣體，但是在熱核反應過程中，就能釋放出巨大的能量。氫彈的威力，大家都熟悉。」

院士的話，十分容易明白，我立即想到的是：能使這塊合金不可思議的力量發揮的裝置，是不是也在秦始皇的陵墓中？

這時，我思緒極亂，從院士所說的看來，那塊合金，稱之為「異寶」，實在十分恰當，因為它蘊藏了無可估計的能力。

而且，這塊合金的來源，除了來自地球以外的星體，也沒有別的解釋。自然，所有的隕石，都來自別的星體，但是這一塊合金，無論如何不是殞石。就算不承認它是外星人帶來的，那麼，至少，它也是由某一種外星人製造，再到地球上來的。

這樣的一件「異寶」，會在中國古代一個帝王的陵墓中，而這個皇帝在位之際，又恰好曾有過異樣人物出現的記載，那麼，齊白的假設，有道理之至。

院士停了片刻，等我喝完了杯中的酒，欠了一欠身子，她才道：「那塊合金的本身，並不可怕，只是一個無可解釋的謎團，可怕的是，如果有了適當的，可以把它所蘊藏的磁場能量釋放出來的裝置，那就不堪設想。」

我「啊」的一聲：「可以有助於野心家征服世界？」

院士笑道：「所謂野心家藉某種力量征服世界，那只是小說和電影中的事。事實上，根本不會有一種力量可以征服世界。」

我大惑不解：「可是剛才你還說，那合金的磁能，如果全部發揮出來——」

院士道：「那就是整個世界的毀滅，而不是由什麼人征服世界，徹底的毀滅，根本不再存在什麼征服者和被征服者，大家都死了，或是大家都變成瘋子了，還有什麼分別？以為在巨大的力量所產生的變故中，有少數人可以倖存，是滑稽的想法。」

她講到這裏，略停了一下：「而且，就算有少數人倖存了，他們也不能算是征服者，只有他們少數人，譬如說，幾個野心家，他們去統治誰？」

我根據她的話，設想一下幾個野心家發動了某種力量，結果是世界上只剩下他們幾個人的滑稽情形，忍不住笑了起來：「你的剖析，十分有趣。」

院士嘆了一聲：「有趣？我倒不覺得。」

我挺了挺身子，問：「齊白沒有告訴你們這塊合金的來歷？」

院士有點悻然：「副院長……不知有些什麼把柄抓在齊白手上，對他的話，不敢不聽。當我有了這樣的發現，帶着這塊合金，向副院長作報告時，齊白先生就在副院長的辦公室。我簡單地報告了一下結果，齊白首先跳了起來，叫嚷道：『異寶！我早知道這東西，是一件無可比擬的異寶！』

「他一面叫着，一面把那塊合金搶了過去，緊緊握在手裏。我又說着自己的看法，他在一旁用心聽着，不斷地發出一些問題，情形就和你剛才談論的差不多，當我說到，還需要進一步研究，他就叫：『不必了！不必了！進一步研究，不是你們的事，是我和衛斯理的事。』這是我第一次聽到你的名字。

「當時，我就問：衛斯理是誰？是哪一國的磁學專家？他哈哈大笑了起來，提及了一些你的為人，突然，他向副院長說了一聲『再見』，就衝出了辦公室。」

「他的行動，令我愕然之極，我要副院長去追他回來，可是副院長不肯，等我追出去時，他早已不知去向，我曾強烈提出，必須找到他，至少，也要把那塊合金留下來作進一步研究，可是副院長總是推三阻四，直到我把情形反映到了科學院的黨委會。」

她一口氣講到這裏，才停了一停，我用心聽着，心想，齊白若是這樣說過，那麼他應該會來找我的，可是我上次和他分手，就再也沒有見過他，這傢伙，究竟到什麼地方去了？

院士繼續道：「經過調查，才知道齊白當天就離開了莫斯科，只知道他搭乘的飛機，第一站是芬蘭的赫爾辛基，從此就下落不明，所以，為了要找他，就只好來麻煩你了。」

卓絲卡娃院士的來龍去脈，總算弄清楚了，我在考慮了一下之後問：「你想找到齊白，有什麼目的？」

院士道：「自然，要問他那塊合金的來歷，還要請他把合金給我們作進一步的研究。」

我搖了搖頭：「恐怕沒用，就算找到了他，他也不肯說，不肯把他當作異寶的東西交給你們！」

院士嘆了一聲：「還有相當重要的一點！我們不知那塊合金從哪裏來的，也不知道合金本身，是單獨的存在，還是有可以發揮它力量的裝置！」

她一說到這裏，我也不禁暗暗吃驚。院士繼續說下去：「裝置可能十分複雜，十分龐大，也可能十分小巧，那是我們知識範疇之外的事，所以無從估計。如果裝置的使用方法不是十分複雜，那麼，就等於……等於齊白掌握了巨大的力量。他如果明白那股力量有多麼可怕還好，如果不明白——」

她講到這裏，停了下來，我又感到了一股寒意，是的，齊白如果知道這塊合金的力量有多麼可怕，他自然不敢輕易將之發揮，如果他不明白的話……

我想到這裏，又覺得自己有點杞人憂天，首先，得先假定他能找到發揮那合金磁能的裝置，而合金在始皇陵中取出來，他沒有法子再從始皇陵中取出裝置來——就算有裝置在那裏。

我考慮了一會，才道：「這倒不必擔心，我想，就算真有這種裝置在地球上，他也弄不到手！」

院士揚着眉：「為什麼？」

我遲疑了一下：「那塊合金，是來自——」

我剛想告訴卓絲卡娃院士，那塊合金是來自中國古代一個帝皇的陵墓之中的，可是我的話才講了一半，一個聲音突然自樓梯口處，傳了下來，呼喝道：「衛斯理，你答應過我什麼都不說的！」

齊白的聲音！

我抬頭一看，已看到齊白現身出來，看起來樣子十分輕鬆，甚至不從樓梯上走下來，而是跨上了樓梯的扶手，向下直滑下來的！

卓絲卡娃一看到齊白，大是緊張，陡然站起，齊白向她一揚手：「院士同志，你好，無論如何，我十分感謝你的研究工作！」

院士的臉色難看之極，我道：「齊白，想要進一步弄明白這塊合金的用途，交給卓絲卡娃院士去研究，是最好的途徑！」

齊白指着我，「哈哈」笑了起來：「你太天真了，交給她去研究，唯一後果，只怕是蘇聯國防部宣布，他們製造了極大破壞力的磁能武器！」卓絲卡娃院士臉色更難看，她勉強道：「我保證不會——」

齊白一下子就打斷了她的話頭：「你不必向我保證什麼，因為我根本不需要你的保證。」

院士十分憤怒：「研究的結果，可能改變整個人類的科學方向。」

齊白攤了攤手：「就讓人類科學朝它自己該發展的方向去走吧，不必改變方向了。」

院士吸了一口氣：「齊白先生，如果用金錢——」

齊白更發出一陣轟笑聲：「金錢？院士同志，如果你知道我在瑞士銀行存款的數字，你會昏過去。」

卓絲卡娃無法可施，向我望來。我同時看到齊白向我作了一個手勢，示意我趕快把她打發離去。

雖然我十分尊重卓絲卡娃院士，但是齊白畢竟是我多年的好朋友，而且，他的態度如此堅決，一定有他的道理在，我自然要依他的意見辦事。

所以，我向院士無可奈何地笑着：「我沒有辦法，那塊合金，不屬於我，是他的。」

齊白在這時，雙手伸開，跳了幾下：「東西不在我身上，我已放在一處最妥當的所在，不論你們用什麼方法，都得不到的。」

卓絲卡娃院士現出十分疲倦的神色，而且帶着相當程度的厭惡：「人的劣性，齊白先生，在你的身上，表露無遺。你得到了那塊合金，把它當作寶物，以為別人一定會來巧取豪奪，而全然無視它對整個人類，有着巨大的意義。」

齊白「嘖嘖」有聲：「隨便你怎麼說，我都不會改變主意。」

卓絲卡娃悶哼了一聲，向門口走去，拉開門，她才轉過身來向我道：「衛先生，如果齊白先生邀請你一起研究那塊合金，我的忠告是，千萬別參加，因為對於那塊合金，我們所知實在太少，在不知所云的研究過程之中，可以發生怎麼想都想不到的意外。」

她的這一番話，說得十分懇誠，我也由衷地道：「謝謝你，我會鄭重考慮你的忠告。」

卓絲卡娃院士嘆了一聲，轉過身去，在她的背影上，也可以看出她依依不捨，又是憤懣，又是失望的心情。

那是自然而然的事，對一個從事這方面研究的專家來說，這塊神秘的合金，簡直是取之不竭的知識寶庫，而如今竟然只好望門興嘆，自然失望之極。

所以，我對齊白的做法，不是很同意，在她把門關上之後，我轉過身：「什麼時候起我的住所變成古墓了？你要來就來，要走就走，甚至不必從門口進出。」

齊白高舉雙手：「冤枉冤枉，我是從門口進來的，我來的時候你不在，我在樓上客房休息，被你吵醒，就看到你在招待那位院士。」

我又哼了一聲：「那更卑鄙了，你竟然一直在偷聽我們的交談？」

齊白笑着：「我本來不想現身，後來想想，不如讓這老太婆死心，免得她到處找我麻煩。這老太婆見識倒是高超得很。」

我糾正他的話：「卓絲卡娃院士，也不能算是老太婆吧。」

齊白瞪了我一眼：「青春玉女，好了吧。」

他說着，坐了下來，我向正在行走的鐘望了一下，運行正常，那使我十分訝異：「那塊合金，真的不在你的身邊？你怎捨得離開它？」

齊白一笑，一翻手，就取出了那塊合金來，我忙道：「糟，我又要大費手腳了。」

齊白搖頭：「不必，你看。」

他說着，把那塊合金向茶几的金屬腳貼去，一放手，合金跌了下來，和上次憑藉磁性，牢牢地貼在茶几腳上，大不相同。

我呆了一呆：「你做了一個仿製品？」

齊白又搖頭，這更使我大惑不解。

我只是瞪着他，等他解釋，把他那塊合金托在手中，盯着它，雙眼一眨也不眨地看着它。我不知道他在玩什麼把戲，索性坐下來，看他還要裝神弄鬼多久。

他一動不動地盯着那塊合金，大約有五分鐘之久，五分鐘並不能算是一段很長的時間，但是對着一個人，看他做莫名其妙的動作，卻又實在太長，我好幾次想要不讓他維持這個動作，可是都忍了下來，因為一方面，我也在思索他剛才那幾句話，是什麼意思。

五分鐘後，齊白長長吁了一口氣，把那塊合金向我遞了過來，同時指着茶几腳：「再試試。」

我抱着一種甘心做傻瓜的心情，又把那塊合金向茶几的腳上貼去，誰知那塊合金，剛才還一點磁性都沒有，這時，磁力之強，在我手離茶几腳還有十公分時，簡直有一股力量，把我的手直拉了過去，「啪」地一聲響，那塊合金已緊貼在金屬的茶几腳上。

這一來，我真的呆住了。

這是怎麼一回事？這塊合金的磁性，可以一下子消失無蹤，一下子強到這種程度？這時，我要用相當大的氣力，才能將之取下來，而那隻跳字鐘，早已亂得像被鐵錘重重敲擊過。

我取下那塊合金，睜大眼，驚訝得說不出話來，齊白一伸手，接了過去，將之緊握在手中，像是在呵護什麼小動物。過了一會，才放開手來，這次他沒有叫我試試，而是自己把那塊合金，貼向茶几腳，那塊合金，又變得一點磁性也沒有了。

直到這時，我才發出「啊」的一下驚呼聲。

自然，有方法可以令一塊磁鐵的磁性消失，例如加以重擊，使磁鐵的分子排列次序改變，又例如加高溫，等等。

可是齊白剛才卻什麼也沒有做，只是將之握在手中，盯着他，看起來，倒有點像他在對那塊合金進行催眠。我的確有這樣的感覺，雖然對一塊合金進行催眠，是極無稽的事。

而齊白的動作雖然快，但如果在剛才他一連串的動作之中，用了魔術手法，把兩塊一樣的合金換來換去愚弄我，我也一定可以看得出來。

同是一塊合金，為什麼一下有磁性，一下沒有磁性？我由於極度的驚訝，所以不是發出了一下驚呼聲，而是接連好幾下。

在我的驚呼聲中，齊白也叫着：「奇妙吧？太奇妙了，是不是，衛斯理？我早説過，這是一件異寶，它甚至是活的。」

聽得他這樣講，我真是駭然。這明明是一塊合金，怎麼可以用「活的」這樣一個詞，去形容一塊金屬？

我知道，有一些合金，被稱為「有記憶的」，在一定的溫度下，把它鑄成一種形狀，然後改變它的形狀，但是在一定的溫度之下，它會自己恢復原來的形狀，但那也無論如何不能被稱為「活的」。

一定是我的反應十分之驚駭，所以齊白向着我，不斷地強調：「它是活的。」

他不斷地説着，我對他的話的反應，是不住搖頭，否定他的説法。

齊白在説了十多次之後，才改了口：「至少，它知道我想什麼，而且，會接受我的想法，照我的想法去做，聽我的話，這，你還能説它不是活的嗎？」

齊白不解釋還好，一解釋，我的驚訝程度，在本來已不可能再提高的情形下，又陡然升高，我甚至一開口，有點口吃：「你……在説什麼？你……再説一遍。」

齊白又説了一遍，我深深吸了一口氣：「你是説，這合金忽然有磁性，忽然沒有，這全是你叫它做的？」

齊白大點其頭，我乾咳了兩聲，剛才我就感到，他盯着那塊合金的時候，像是在對合金進行催眠。但我隨即感到這種感覺太荒謬了，如今，照齊白的説法，那竟然是真的。

我有許多問題想問齊白，但是在這樣的情形下，不知如何問。而齊白一副可以接受任何問題挑戰的神情，望定了我。

我使自己紊亂的思緒略為變得有條理些，向他發出了第一個問題：「你怎樣發現它會聽你的話，它告訴你的？」

齊白更正道：「不能說它會聽我的話，是它會接受我的思想。」

我道：「那沒有什麼不同——」

齊白大聲道：「大大不同，不必語言，它就知道我想什麼，要它做什麼。」

我不和齊白爭辯下去，用力一揮手：「你還是先回答我的問題吧。」

齊白的神情十分自得：「我離開副院長的辦公室，知道蘇聯人一定不肯放過我，所以急急離開，駕車直赴機場，一面心中焦急，因為異寶能發出強磁力，要利用儀器跟蹤我，十分容易，於是我一面駕車，一面就自己作祈求——我在祈求時，不知它會有反應，我祈求着：寶貝啊寶貝，你沒有磁性就好了，人家就不會那麼容易發現你。」

我一面聽，一面仍不由自主搖着頭，我曾聽過許多人，作過許多匪夷所思的叙述，但是再也沒有比這一樁更甚的了！

看齊白一本正經説着，我甚至懷疑，我也一本正經地聽他説着這樣的事，是不是我們的神經都有問題？

齊白道：「一直到了機場，機票現成，在登機前，自然要接受檢查，檢查人員發現了它，問我：這是什麼東西？我道：是一塊磁鐵，給小孩子玩的。檢查人員聽説是磁鐵，就自然而然，想去吸一點小物件，可是它一點磁性也沒有，連一個別針都吸不起來。檢查人員還以為我是故意在開他的玩笑，狠狠瞪了我一眼，將它扔回來給了我。」

我仍然搖着頭，齊白卻愈説愈是興奮：「當時我有了強烈的感覺：它知道我的祈求，所以把磁力藏了起來，我在想什麼，它知道！」

齊白簡直手舞足蹈：「你想想，有了這樣的感覺之後，我就幹什麼？」

我搖頭：「不知道，企圖使它恢復磁力？」

齊白大聲道：「當然，我躲進了廁所——」

我咕噥了一聲：「真有出息。」

齊白道：「我當然要躲起來，這實實在在，是一件寶貝，稀世異寶。」

我作了一個手勢，示意他不要岔開去。

齊白道：「在洗手間，我自己告訴自己，這異寶是可以知道我在想什麼的，剛才我想過，它要是沒有磁性就好了，它就變得沒有磁性，現在，我想要它恢復磁性，我想着，想着，一面不斷試着它是不是恢復了磁性，十分鐘之後，它果然知道了我想要它怎樣，它的磁性又恢復了，而且，我想得愈久，磁性就愈強。」

我怔怔地聽他説着，如果不是剛才親眼看到那塊合金的磁性倏來倏去，他的話，我根本不會相信。

齊白揮着手：「那真太奇妙了，我又試了一次，令它的磁性消失，在飛機上，我唯恐它會干擾飛機的儀器，所以不敢亂試，這是一件寶物，已經可以肯定，但是我還不知道它究竟活到了什麼程度。」

我嘆了一聲：「你應該説它的性能，到什麼程度。」

齊白瞪了我一下，忽然道：「是不是有一部神怪小說，裏面一些人所擁有的法寶，和法寶主人心意相通？」

我只得承認：「是，在這部小說中，法寶的主人一動念，法寶即使在萬里之外，也會自己飛回來，但那只不過是小說！」

齊白神情相當興奮：「在赫爾辛基轉了機，我就直飛到這裏來。本來我準備一到就來找你的，但是又怕到時法寶失靈，給你訕笑，所以就自己找了一處僻靜所在，勤學苦練——」

我聽到這裏，實在忍不住了。雖然這塊合金，奇特無比，有着許多難以解釋之處，但是齊白這樣做，也真正有點走火入魔了！

我忍不住道：「你練成怎麼樣了？可以令得它飛到千里之外去，取人首級？」

齊白一點也不以為我是在諷刺他，反倒嘆了一口氣：「沒有，我想它應該有各種各樣的功能，但是我卻做不到，我現在可以做到的是，令它的磁性消失或恢復，而且也可以隨心所欲，控制磁性的強度——」

我吃了一驚：「剛才院士說過，這合金中磁強度之高，要是全部發揮出來——」

齊白搖頭：「我想，我還未曾到這一地步，我只能令它的磁性到達一定程度，未曾達到那……老太婆所說的地步。不過，我還能令它發光。」

我失聲道：「什麼？」

齊白道：「我能令它發光。這幾天，我一直面對着它，動着各種各樣的古怪念頭，我曾花了一天一夜，想令它飛起來，或是移動一下，但是不成功，我又花了一天一夜時間，想令它的形狀改變一下，可是它也不肯聽話，我——」

我打斷了他的話頭：「你想到了令它發光，它就肯聽你的了？」

齊白點了點頭：「是，雖然十分微弱，可是它真會發光，不信你可以試一下。」

我又是疑惑，又是驚駭，連忙拉上了所有的窗簾，又把所有的燈關上，本來就是黑夜，這樣一來，眼前立時變得漆黑一片，什麼也看不到。

齊白先道：「我把它放在茶几上，你摸摸看，它在這上面。」

我伸手去摸，摸到了那塊合金，這時，它一點光也沒有，根本看不到。然後，齊白才道：「你等着看，可是別性急，可能要相當長的時間，我現在開始全神貫注在想，要它發光，它就會知道我在想什麼，照我的想法去做！」

這時，我對於眼前這塊合金的神奇性，已經是決無懷疑，所以，齊白說完，我就靜了下來，盯着茶几上看。

眼睛漸漸適應黑暗，大約十分鐘之後，仍是漆黑一片，但是已經不像才一熄燈時那麼黑暗，不過想看清東西，還是不可能，齊白就在我對面，我就看不見他，那塊合金在几上，我也看不見。

大約又過了半小時，我等得有點不耐煩，但是齊白有言在先，我又不便破壞他的全神貫注，所以不出聲，只是想着：如果你真會發光，那就快一點發出光芒來！

這樣想了一會，不知不覺，我已變得精神集中在想它發光，又過了不到半小時，我突然看到，茶几之上，有一小團暗紅色的光芒透出來，正是那塊合金在發光。

光十分微弱，實在來說，不能算是什麼光芒，只不過可以令人看到了它本身，那情形，就像是一塊從爐火中拿出來燒紅了的鐵，冷卻到最後，就是那種暗紅色。

齊白「啊」地一聲：「這次那麼快，上次，我花了五小時。」

聽到齊白那樣說，我陡地想起了一個念頭，我忙道：「繼續集中精神。」

齊白不知道我為什麼要這樣，但他顯然照做了，繼續集中精神，我也繼續想它發光，漸漸地，暗紅色變得亮起來，亮到了可以清楚地看到整塊合金形狀。

齊白又叫了起來：「你看，那麼亮，上次沒有那麼亮，不知道它發亮可以亮到什麼程度？」

我也為眼前的景象着了迷：「繼續想。」

只是，那合金的光亮程度，卻到此為止了，又過了半小時，仍然沒有增加。

就在這時候，門打開，白素走了進來：「你們在玩什麼遊戲？」

白素來得正好，我剛才想到的念頭，如果是事實的話，她就可以證明了。

所以我忙道：「素，把門關上，快過來。」

齊白也向她招呼一聲，就是一剎那間的打岔，合金的光芒，已迅速暗下來，幾乎什麼也看不到了。

可是剛才白素，還是在一瞥之間，看到茶几上放着那塊合金，有暗紅色的光芒放射出來，所以，她發出了一下低呼聲：「啊，這寶物會發光。」

我忙道：「你快來，盯着它，集中精神想，要它發光，要它發光。」白素沒有多問什麼，來到了茶几前，坐了下來。齊白了解到了我要白素參加的意思，發出了「啊」的一聲，接着就靜了下來。

這時，在茶几上的那塊合金，光芒已經完全消失，但是當我們三個人一起集中精神，想它發光之後，不到半小時，它又現出暗紅色的光，漸漸地，它的形體可以看得清了，而且在接下來的半小時之中，它的亮度在一點一點增加。

合金一直增加到了比剛才只有我和齊白兩人的時候更亮。

這證明我剛才的設想是事實。

我的思緒，一轉到別方面去，合金的亮度，便顯著減低，我道：「天！這……寶物，真能接受人的思想，它……它……」

我已經改口稱那塊合金為「寶物」了，也承認了它能接受人的思想，可是要我説它是活的，我還是覺得有點説不上口來。

而齊白卻立時接着道：「它是活的。」

這時，它的亮度在迅速減低，一下子，眼前又是一片黑暗了。

在黑暗中，我們三人都不出聲。

過了好久，白素才站起身來，着亮了燈，我們三人的神情，同樣駭異，一起盯着那塊合金看着。又過了好一會，白素才低聲道：「我可以知道全部事情的經過？」

齊白道：「當然可以。」

我提醒他道：「說得簡單一點。」

齊白開始說，由於我已知道了全部的經過，所以一到齊白說到無關緊要處，我就打斷他的話頭，好讓白素盡快地了解全部過程。

等到齊白說完，我們又沉默了一會，齊白才道：「它能接受任何人的思想，不單是我的，這一點，我以前未曾想到過。」

這一點，就是我剛才想到的那個念頭，毫無疑問，已經證實。

白素有她女性特有的想法：「它像是喜歡聽掌聲的表演者，觀眾愈多，掌聲愈熱烈，它的力量也發揮得最強。」

這個比喻雖然有點古怪，但是卻也十分貼切。

我們三人，又同時想到了一個問題，幾乎同時道：「要是有幾百人，幾千人——」

講到這裏，我們又一起住了口。

第四部

# 能接收人的腦電波

照剛才的情形來看，兩個人集中精神要它發光，和三個人想它發光，它發出來的亮光就有強弱之分，那麼若是幾千人、幾萬人同時想它發光，或者，更多的人想它發光，它發光的能力，可以強到什麼程度呢？

如果它發光的強度無限制，那麼，理論上來說，它可以……

我想到這裏，把我的想法，提了出來：「理論上來說，如果一個城市有一百萬居民，到了晚上，人人都想要它發光，它發出來的光芒，就可以照耀整個城市。」

齊白立時道：「而且十分民主，想它發光的人愈多，它就愈光亮，沒有人想它發光，它就不那麼光亮，比任何投票表決都公正，一定是少數服從多數。」

白素吸了一口氣：「是不是試試它，還有什麼功能？」

齊白道：「請它講話，請它對我們講話，我們就可以知道它究竟是什麼。」

齊白一面提議，一面望向我和白素。要求一塊合金向我們講話，這實在十分滑稽，可是這時，我和白素卻毫不猶豫地點頭，表示同意了齊白的提議。

要它和我們講話，不必熄燈，我們立時又集中精神，想要它講話，可是一小時過去了，靜得我們可以互相聽到對方的心跳聲，它卻未曾「開口」。我道：「或許我們的要求太高，應該想它發出一點聲音來。」

齊白和白素點頭表示同意，但又是一小時過去了，還是沒有結果。

這時，天色已經微明了，三個人同時嘆了一口氣，都搖着頭，白素忽然一揮手：「或許，我們不應該請它發出聲音來，而應該請它用任何方式，和我們溝通。」

齊白連忙道：「對！對！」

這時，我們也根本忘了疲倦，再度集中精神，我想，我們三個人的設想一樣，希望它能夠有一種能力，使我們的腦部活動感應得到，那麼，我們就可以和它有溝通了。

可是，時間慢慢過去，終於天色大明，仍然一點結果也沒有，我們互望着，用眼色詢問：是不是收到了什麼信息？

但是答案是沒有。

在這次失敗之後，我們又作了幾次試驗，以磁性的消失和恢復最快，大約三十分鐘就可以完成。要它發光，也是三十分鐘就可以成功，但要到達光度最強，則要一小時以上才行。

已經是中午時分了，齊白長嘆了一聲，我道：「它是寶物，這一點毫無疑問，但不能說它是活的。」

齊白立時又要提抗議，我向他作了一個手勢，請他先讓我說完：「我有一個設想，它能接受人的思想，是因為它有一種功能，可以產生某種關係。譬如說腦電波，當人在精神集中之際，腦電波比較強，它接收到了——」

白素陡然插了一句口：「不但接收到了，而且還分析理解了那是什麼意思。」

我點頭：「是，它有這個能力，能把人類腦部活動產生出來的能量還原，這情形，就像人腦把聽到的聲音，經過腦神經活動，分析還原為語言一樣。」

齊白嘆了一聲：「你究竟想說明什麼？」

我頓了一頓：「我想說明的是，這東西有接受腦電波的能力，可能是由於腦電波的產生，和磁力有關，這只是假設。它能通過接受腦電波而發揮它的功能——它的功能究竟有多少項，我們也不知道，只知道其中兩項是磁性的消失和恢復，能發光。」

「可是，它只是一個極其複雜的機械裝置，不是一個生命，不是活的。」我說。

齊白深深吸了一口氣，我那番話，其實一點也沒有貶低那一件異寶的意思，可是齊白的神情，卻還是十分不滿意。

我又道：「在你看不起的本地物理學家之中，有一位曾和我說起過，他說，這合金的七十二個形狀不同的平面之上，都有着極細又極緊密的細紋。理論上來說，這些細紋，可以是任何資料的儲存，利用磁性原理儲存起來的資料，就是不知道如何令之還原——」

齊白指着自己的前額：「一定是憑人腦活動所產生的能量，令之還原。」

我想了一想：「這也是一個設想，至少有兩項功能，可以通過人腦活動產生的能量來完成的，但是這東西，一定有一種十分獨特的功用，這項功用是什麼呢？」

齊白眉心打着結，白素在這時道：「我提議先吃點東西，再休息一下。」

我和齊白一起道：「進食則可，休息不必了。」

我們的感覺一樣，面對着如此奇妙不可思議的異寶，怎麼能睡得着？我們只不過一個晚上沒有睡覺，那又算得了什麼。

白素替我們去準備食物，我和齊白繼續在討論着，我道：「東西在秦始皇陵墓發現，有一點可以肯定，這東西，決不是古今中外任何地球人的力量所能製造，地球上還沒有一種裝置，可以和人腦活動的能量產生感應。」

齊白一拍大腿：「我早就說過了，秦始皇二十六年，在臨洮出現的那十二個巨大的金人，是外星人。寶物，是他們送給秦始皇的禮物。」

我道：「也有可能，在更早時，不知什麼時候，由到過地球的外星人留下來，被人發現了，又輾轉來到皇帝手中的。不論怎樣，我們都要設想它獨特的功能是什麼。」

齊白有點遲疑：「或許，要許多人一起來想，才會有結果？」

接着，他遲疑：「可是我又實在不想有太多人知道有這件寶物的存在，給蘇聯人知道，已經夠麻煩的了，要是弄得舉世皆知，只怕你搶我奪起來，什麼研究也作不成。」

我倒同意他的看法：「當然不能太公開，但是有一個朋友，卻非要他參加不可。」

齊白一伸手，示意我不要先講出這個人的名字來，然後，他側頭想了一想，就道：「陳長青？」

他一猜就猜到了陳長青，我立時點了點頭：「他不但學識豐富，而且想像力也豐富。要是想像力不夠豐富的人，在這塊合金之前，會昏過去。」

齊白由衷地道：「是，我早知它是寶物，可是當它發光，我也差點昏過去。」

取得了齊白的同意，我就打電話給陳長青，陳長青一聽得有奇妙的、來自外星的東西可以研究，自然一口答應：立刻來。

可是我真不知道他是用什麼方法，可以在那麼短的時間就趕到，白素才招呼我們，說是可以進食了，門鈴響起，陳長青已一面喘着氣，一面走了進來，嚷叫着：「有什麼來自外星的異寶？」

他看到了齊白，就伸手出去自我介紹，齊白報出了姓名，他握住了齊白的手，搖了又搖。陳長青這個人，就是有這個好處，簡直是熱情洋溢，無法抵禦，他說了好幾遍「久仰大名」，又道：「怎麼，異寶在什麼古墓中發現？」

齊白看來也十分喜歡陳長青：「在秦始皇陵墓之中發現的。」

陳長青先是呆了一呆，顯然他想不到，來自一座那麼著名的古墓。但是隨即，他興致更高，指着我：「你一定是看了他《活俑》的記載，才去秦始皇陵墓的？」

這傢伙的推理能力愈來愈是高強，齊白佩服地點了點頭，陳長青又道：「你進去了？」

齊白搖頭，陳長青的神情，有點疑惑，這時，我已把那塊合金，放在他的手中：「你先看一看這東西的外形，再詳細對你說。」

陳長青把那合金翻來覆去地看了很久，神情愈來愈疑惑。自然，絕不會有人，憑它的外形，就可以知道那是什麼東西。我和齊白，趁這個空檔，胡亂把白素準備的食物，塞向口中，吞進肚裏，一直等到吃完，也不知道吃了點什麼東西。

陳長青等我們吃完，才道：「當然先不輪到我說。」

齊白又喝了一口水，才開始講述，這一下又要從頭講起，我趁機一面閉目養神，一面思索着。每當我睜開眼來，就發現陳長青興奮的神情，愈來愈甚，聽到後來，他簡直是手舞足蹈，欣喜若狂。齊白有了他這樣的好聽眾，也愈講愈是起勁，單是說他那盜墓的「探驪得珠法」，就講得不知多麼詳細。

我不去理會他們，把整件事，先整理一下。從已經發生的事情來看，首先可以肯定這幾點：

一、這塊合金來自地球之外，而且，是十分高明的人工製品。

（很多人都會問：為什麼外星人的科學水準，一定在地球人之上？這實在是一個誤解，除地球之外，別的星體上，若是有高級生物的話，自然有科學水準極高的，也有低於地球人的。問題是在於，地球人所能接觸到的外星人，科學水準一定在地球人之上。）

（因為地球人至今只到過月球，未到過別的星球，而外星人若是到了地球，科學水準自然非高出地球人不可。）

（所以，並不是所有的外星人科學水準都比地球人高，而是地球人還沒有機會可以遇到科學水準低的外星人。）

二、這個東西有多種奇特的功能。

三、使這個東西獨特功能發揮的方法，也十分獨特：人腦活動產生的某種能量。

四、這東西在地球上已經很久，因為它是在秦始皇陵墓中找出來的，但沒有有關這東西的任何記載。

歸納了一下，暫時得出的結論，只有這四點，自然其中最重要的一點，是先要弄清這東西，究竟有着什麼樣的獨特功能。

我想得告一段落，齊白的敘述，已到了尾聲，陳長青興奮得滿臉通紅，大聲道：「這……真是異寶。」

齊白道：「這一點毫無疑問，問題是它的功能是什麼。」

陳長青十分容易滿足：「它會發光，會接受人的思想而發光，這還不夠？到現在為止，人類做不出一個可以通過思想來指揮的裝置。」

陳長青的話，提醒了我，我陡地一揚手：「是啊，如果這塊東西，是一個大規模的運行裝置的啟動裝置，譬如說，是一架飛機的啟動裝置，那麼，駕駛員只要想要飛機起飛，飛機就會起飛。」

陳長青遲疑道：「不，它只會發光。」

我道：「發光，發強弱不同的光，和發出強弱不同的磁性，理論上就可以控制任何機械體的運行，可以小到控制一輛車，大到控制一艘太空船、整座工廠，就像我們現在普通使用的無線電遙控、紅外線遙控、聲波遙控一樣，這是一具腦電波遙控器。」這一次，我想到的，十分具體，陳長青和齊白聽得「啊啊」連聲，點頭不已。

我又道：「腦電波遙控器！這個假設可以成立，問題是通過這遙控器，控制的是什麼？」

雖然問題仍然沒有解決，但至少有了一點進展，我們都很興奮，白素道：「如果是遙控器，那麼，一定是他們自己用的。」

白素口中的「他們」，自然是指這東西的主人而言，這一點，應該也沒有疑問。

白素又道：「他們腦部活動產生的能量，一定比地球人強烈，或者這東西設計時，只是接收他們的腦電波而製造，所以，我們無法發揮它的功能，就像是電壓不對，不能發揮電器的功能。」

陳長青道：「如果我們請多一點人，一起集中精神來試一試——」

齊白首先搖頭：「所謂多一點人，多到什麼程度？」

陳長青的手筆十分大：「譬如說，一千人？」

齊白道：「不可能吧，到哪裏去找那麼多人，集中力量去想一件事？」

陳長青道：「太簡單了，出錢僱用。」

齊白用力拍了一下腦袋：「真是，我怎麼沒想到這一點。可以有更多人參加——」

白素比較謹慎，指着那東西道：「我們不知道它在接受強烈的腦電波影響之下，會發生什麼變化，暫時還是不要有太多人才好，我主張先從一百個人開始。」

我們都同意了白素的意見，陳長青說做就做，於是，第二天的報紙上，就出現了這樣的廣告：「有興趣參加一項思想集中的實驗嗎？可以獲得報酬，參加者必須忠實地接受主持人的指示，集中力量去思索某一件事，只限九十五人參加，自思精神不能集中者，請勿浪費時間。」

為什麼是九十五個呢？陳長青道：「我們四個，再加溫寶裕，他自然有資格參加。」

沒有人反對陳長青的提議，廣告一登，要來參加的人過千。一個人是不是能精神集中，外表上看不出來。我沒有參加選人的工作，陳長青在主持，那也花了他兩天時間。

在這兩天之中，我自然和齊白還在研究那東西，我們移師到了陳長青的家中，因為他住的地方又大，各種各樣、意想不到用途的裝置和儀器又多，研究工作進行起來，自然方便得多。

再一次測定了那東西的成分，不外是鐵、鈷和鎳。成分是什麼並不重要，重要的是它所包含的磁性，使它可以有任何功能。這就像一卷錄影帶，成分分析，無非是塑料而已，但由於上面的磁性作用，就可以用來記錄任何形象。

我們又利用X光儀，對這塊合金，進行了內部透視，在拍攝下來的X光照片之中，有了個十分重大的發現：那東西一共有七十二個形狀不同的平面，在每一個平面的下面，大約兩公厘深處，都有一個大小如同黃豆般的圓形物體——在照片上看起來，是一個豆狀的黑點，卻無法知道那是什麼。

一共是七十二個圓粒，而每一個圓粒之間，又有極細的線聯繫着。這東西的結構之複雜，遠在我們的想像之上。

在這個階段，我和齊白發生了一點意見上的爭執，我道：「要切開這塊合金，不是難事，這裏有現成的車牀，把它切開來，看看平面下面的圓粒，究竟是什麼東西。」

齊白一聽，面色鐵青地望着我：「你還不如把我的腦袋切開來看看的好。」

到了晚上，我又把這個提議提了出來，五個人一表決，真是豈有此理，沒有人同意我的意見。白素說得比較委婉：「明天就可以做百人試驗了，何必破壞它？」

溫寶裕這小鬼居然也反對我的提議：「我們一無所知的東西，就算把它弄成碎片，也一樣不明白的。」

我仍然堅持：「我所提議的是最直接的辦法，可以很快就看到裏面的是什麼。」

齊白道：「你把我腦袋切開來，能找到我的思想？」

陳長青神情莊嚴：「這是一件異寶，絕不能輕舉妄動，對之造成任何破壞。」

既然大家都不同意，那只好算了。陳長青說人已揀妥，他也租了一家大酒店的會議廳，而且提出了他的方法：用屏風把我們五個人圍起來，不讓其餘的參加者看到那塊合金，也不向他們說明來龍去脈。

齊白首先贊成這一點，因為他一直主張保守秘密。

第二天，在會議廳中，場面很熱鬧，參加者在接受了他們意想不到的高報酬之後，都十分合作。

我被推出來作為主持人，所以開場白是由我來說的。

我對環坐着的那九十五個參加者（大多數是年輕人）道：「各位參加的，是一項試驗，目的是試驗人類腦部活動所產生的能量，是否可以記錄下來，所以，要求各位精神集中。第一個要思索的問題是：要它發光，要它發出光亮來！各位有什麼問題？」

有一個人舉手：「請問，要什麼東西發出光亮來？」

我道：「不必深究，當是不知道什麼物體。」

這簡單的要求，參加者表示全明白，屏風圍了起來，在屏風之中，是一張桌子和五張椅子，我、白素、陳長青、齊白和溫寶裕五個人環桌而坐。

其餘的參加者看不到屏風中的情形，我們曾考慮過，這樣會不會減低效果，也準備了如果收不到預期效果的話，就使所有參加者，都看到那塊合金，要那塊合金放出光芒來。而且，為了不使參加者疑惑，燈光依然明亮，只不過用一個不透光的罩子，罩住了那塊合金，而只留下了一個小孔，這樣，那塊合金如果有光芒發出來，我們一樣可以觀察得到。

一切準備就緒，我沉聲宣布：「從現在起，請各位保持高度的精神集中，絕對不能發出任何別的聲響，而只思索我剛才提出來的問題。」

會議廳中，一下子靜了下來，我們五人互望了一眼，五個人的神情都很緊張，溫寶裕已經從陳長青那裏，知道了這塊合金的奇異之處，看來他在我們五個人中，精神最集中。

真是難以令人相信，在開始之後，不到五分鐘，那塊合金便開始發出光芒，奇妙之極的現象，開始是暗紅色，接着光芒愈來愈是強烈，在二十分鐘之後，光芒已經強烈到了接近一個六十支光的電燈泡的程度。

我心跳得十分劇烈，白素伸手過來，和我緊握着手，可是光芒卻沒有再繼續加強下去，在四十分鐘之後，我宣布：「好了，第一次試驗結束。」

在講了這句話之後的一分鐘，那塊合金所發的光芒，迅速消失。

我們五個人的興奮，真是難以形容，齊白大聲道：「請各位再集中力量想：要一樣東西，會和我們溝通，會發信息給我們。」

然後，會議廳中，又是一陣寂靜，但是三十分鐘過去了，卻什麼信息都沒有收到。

接着，齊白又出了幾個問題，包括了要一樣東西移動，要它展示它的功能，等等，但是每次歷時半小時之久都沒有結果。

但是，那次發光試驗，已經令人驚喜莫名了，我們低聲商議了幾句，由我宣布：「這次試驗的成績，我們感到很滿意，同時，也認為更多人集中精神，使人類腦部活動所產生的能量更強大，會有更好的效果，所以，請各位在明天，每個人帶四個人來，在場的各位，酬勞加倍。」

參加者發出了一陣歡呼聲，紛紛離去，我們五個人仍然留着。

溫寶裕首先道：「如果五百個人的力量，它不知道會發出多強的光來？」

齊白搖頭：「它發出的光再強，也沒有作用，重要的是要設法知道，這種強光，究竟是用來控制什麼裝置。」

陳長青陡地震動了一下，伸手指向齊白，就在同時，我也想到了一點，失聲道：「裝置，如果有裝置的話——」

我才講到這裏，陳長青已叫了起來：「如果有感應裝置，一定也在秦始皇陵墓之中。」

齊白一下子直跳了起來，他是真正跳了起來的，一面跳起，一面尖聲叫：「那個墓室……那個空間，衛斯理，那個空間的四面，看起來有許多架子，不是很看得清楚，會不會就是……接受這東西感應的裝置？」

他這樣一說，我們全都靜了下來。齊白利用微型電視攝像管拍出來的照片，我們全看過，十分模糊，那個墓室四周的「架子」上，究竟有點什麼東西，一點也看不清楚。但是他的設想，卻指出了極其重要的一點：如果這塊合金，是一個出腦電波控制的啟動裝置，那麼，它所能發動的不知是什麼的東西，也大有可能，是在那個墓室之中。

一時之間，所有人都靜了下來，齊白連連問：「對不對？對不對？」

我作了一個手勢，令他坐了下來：「很對，看來，還是要到秦始皇陵墓去走一遭。」

陳長青忙問：「齊白，你用那個什麼……方法——」

齊白道：「是『探驪得珠法』。」

陳長青道：「是，打洞打了多深，才到達那個墓室的？」

齊白道：「超過三十公尺。」

我們都知道陳長青這樣問是什麼意思，可是在一聽到了齊白的回答之後，不禁面面相覷。

三十公尺。

就算這三十公尺全是土層，要打一個小孔還可以，要把三十公尺覆蓋在那墓室上面的土層移去，自然也可以，但是那得動用大量的人力物力，而且決無可能秘密進行。

那也就是説，就算再到秦始皇陵墓去，也只有仍然採取「探驪得珠法」，而用這個方法，取不出什麼大型物件來。

在各人沉默之中，齊白嘆了一聲：「我真不明白，在有關秦始皇陵墓的記載之中，曾有當地的牧羊人，偶然進入陵墓，在陵墓的岔道中迷了路的記錄，何以我竟然一個入口處也找不到？」

我在他的肩上，輕拍了兩下：「據我所知，能被人誤入的，或是現在已發掘到的，全是整個陵墓結構中外圍的外圍。」

齊白道：「是啊，你引用過那位卓齒先生的話，那牧馬坑也是外圍？真正陵墓的中心，只怕永遠也發現不了。我穿透了小孔的那個墓室，只怕也不是什麼重要部分。」

溫寶裕對我們討論秦始皇陵墓的事，沒有什麼興趣，他只是不斷道：「唉，五百人，不知道五百人的腦電波，會使這寶物發出什麼力量來。」

白素和陳長青則討論着五百人集中精神的場地，決定去租一個更大的會議廳。

我們也離開了會議廳，回到了陳長青的住所，齊白顯得十分沉默，只是緊緊地把那塊合金，捏在手中，沉默了好久之後，才道：「去總是還要去一次的。」

陳長青立時同意：「當然，而且要帶最好的裝備去，至少把那墓室中的情景，拍出清楚的照片來。」

陳長青有的是花不完的遺產，而齊白靠他盜墓的本領，正如他所說，他瑞士銀行存款的數目，說出來會叫人嚇一跳，有錢好辦事，他們說要有最好的設備，對這「最好」的含義，倒是不必懷疑的。

他們兩人說着，又一起向我望來。

我考慮該怎麼回答，溫寶裕已叫了起來：「當然是我們五個人一起行動。」

陳長青立時一瞪眼：「就是沒有你的分。」

溫寶裕大是不服：「為什麼？我連南極都去過，還有什麼地方不能去的？」

溫寶裕的抗議，似乎很難反駁，但陳長青已和他混得很熟了，知道他弱點的所在，立時哈哈笑了起來：「你媽媽不准。」

溫寶裕一下子就吃虧了，鼓着腮，走到一邊去，一聲不響，坐了下來。

齊白對這少年人顯然很喜歡，看到他這種情形，大聲安慰着他：「別失望，如果你對盜墓有興趣，我可以收你為徒，把一身本領都傳授給你。」

我和白素聽得這樣說，相顧駭然，陳長青叫了起來：「他媽媽更不准了。」

白素瞪了陳長青一眼，把話題岔了開去：「是需要再到那墓室去一次，最好能再弄點東西出來，發掘不可能，拍攝一批較清晰的照片，應該沒有問題。齊白應該先去準備準備。」

齊白點頭答應着，我們又討論了一些，在五百人的大會上，應該集中力量，使那塊合金發生什麼功能。

溫寶裕畢竟是少年人心情，剛才還悶悶不樂，可是過了不一會，就沒有事了，起勁地跟着我們，一起討論。

他提出的問題，有時也很有新鮮之感，例如他問：「當這東西發光的時候，用手去碰碰它，不知是什麼感覺？」

這個問題，我們都未曾想起過，由於它在一開始發光時，就像是整塊合金受熱變紅，所以直覺上使人感到一定是灼熱的，自然不會冒着被灼傷之險去碰它。

這時，齊白一聽，就大有興趣：「對啊，我們現在就可以來試一試。」

對這塊合金，我們每一個人都充滿了好奇心，任何一個動作，只要有希望可以進一步弄清楚它究竟是什麼的，我們都不會拒絕。

所以，我們立即開始集中精神，那塊合金，也漸漸發出光芒來，五個人的力量，已可以使那合金看起來相當明亮，然後，我們五個人，同時伸出手指來，按向那塊合金。手指才一碰上去，一點灼熱的感覺也沒有，我只感到突然之間，似乎有一股很大的震撼。

這是難以形容的一種感覺，或許是由於這東西本身，充滿了神秘，先入為主，早已在心理上形成了壓力，又在它起變化的時候去碰它，就難免在心中感到一種異樣的恐懼。

可是這種解釋，也十分勉強，一剎那間的震撼，十分難以形容，不但有一種實實在在的恐懼感，而且，眼前一陣發花，在極短的一剎那間像是有許多交岔的光線在閃動，情形很有點像在地上蹲得久了，驟起身來，總之是忽然之間的一陣眼花。

我第一個反應，就是立刻縮回手來。

前後，大約只是三十分之一秒的事，心中仍然有一點殘餘的震撼，可是眼花的感覺立即消失，我也可以看到眼前的情景。

我所看到的是，每一個人都有一種難以形容的神情（我相信我的神情，也正如此。）而且他們的手指，也全都離開了那塊合金。

陳長青首先叫了起來：「天，這是怎麼一回事，我感到，剛才，手指一碰上去……這是什麼感覺？」

我們迅速交換了一下剛才剎那間的感覺，全是一樣，在一陣莫名的震撼的同時，有一陣眼花的現象。這時，那塊合金早已恢復了原狀，我定了定神：「再來一次，這次，我們大家都鎮定點，要更加真實地捕捉那種難以形容的感覺。」

各人都點頭同意，在再度集中精神之後三十分鐘，合金又開始變成亮紅色，我一揚手，五個人的手指，又同時向它按上去。一開始，感受和上次完全一樣，但因為這次已經有了準備，各人都可以忍受那種震懾，而眼前發花的情形持續着。

自然，在這樣的情形之下，我們無法再集中精神使那塊合金繼續發亮，我們的那種感覺也消失了。

而這次的時間比較長，至少有兩秒鐘。我並沒有閉上眼睛，可是看出來的情形，就像是雙眼面對着強烈的光芒，再閉上眼睛一樣，有許多顏色的點、圈、線在交織着，看來雜亂無比。

在再次交換了各人的感受之後，我道：「這……這東西……不但能接收人腦活動所產生的能量，而且，也會影響人腦的活動，剛才，我們就看到了並不存在的光影。」

陳長青深深吸了一口氣：「天，它想和我們溝通，想我們看到些什麼，可惜我們看不懂。」

齊白喃喃地道：「我早就說過，它是活的，它是活的，它是活的！」

人多了，主意自然也多，陳長青一下子想到了，出現在我們眼前的光影，是它想使我們看到什麼。

（這樣說法有點問題，事實上，在我們眼前，並沒有什麼光影出現過，只是有某種力量影響了我們的腦部的視覺神經系統，所以使我們看到了一些光影。）

白素沉聲道：「是，那些雜亂的光影，代表了什麼信息？」

陳長青道：「再來，再來，一定要看清它是什麼。」

陳長青興奮得滿臉通紅，溫寶裕卻道：「不必再試了，我們五個人，力量不夠。」

陳長青瞪着眼：「力量不夠？什麼意思？」

溫寶裕略想了一想：「就像把適用於二百伏電壓的電視機，接上一百伏電壓的電源，畫面一定雜亂無章和不穩定。」

陳長青直跳了起來，伸手指着溫寶裕，欽佩莫名。

我也不禁大點其頭：「說得對，若是它的亮度加強，那麼，我們一碰到它，就可能看到一個清楚的畫面！」

陳長青急得搔耳撓腮，唉聲嘆聲：「真是，剛才一百人集中精神的結果，使它變得那麼亮，就沒想到去碰它一下！唉，想了那麼多和它溝通的方法，就沒有想到去碰它一下！」

白素道：「不必後悔，我們很快就會有一個五百人的集會了。」

陳長青仍在唉聲嘆氣，我何嘗不性急，只是沒有陳長青那麼極形極狀而已。

# 第五部

# 混亂之中失去寶物

終於，我們五個人試了幾次，每次，眼前的光影，都出現兩秒鐘，我竭力想在那些雜亂無章、閃爍不定的光影之中，捕捉到一些什麼具體的形象，但是卻無法達到目的。

連試幾次沒有結果，只好停止，我們決定，到五百人集會，一等那塊合金光芒大盛時，就用手指去碰它，一定要集中精神，把我們視覺系統接收到的信號，捕捉下來。

這重要的新發現，令人興奮無比，至少已可以知道，這塊合金的功能之一，是在它發光的狀態之下，能發出某種力量，刺激人腦有關視覺的部分！

我們本來還想再商量一會，可是溫寶裕家裏派來的車子等在門外，要接溫寶裕回去，我和白素也告辭回家，我估計齊白和陳長青兩個人一定不肯睡，還會再研究下去。

我和白素駕車回家，才回到門口，就看到有三個人站着，兩男一女，那位女士，正是蘇聯科學院的高級院士，卓絲卡娃。

一看到她，我就想起齊白說，給蘇聯人纏上了很麻煩這句話來，皺了皺眉，告訴了白素有關卓絲卡娃的身分，白素卻說：「她是權威，聽聽她的意見也不壞！」

我隨口應着，我們一下車，院士就迎了上來：「先生，請給我一點時間。」

我嘆了一聲：「這是最奢侈的要求了，因為任何人，付出時間，再也找不回來！」

院士有點冷傲：「或許，由於我的提議，你可以在別方面節省很多時間！」

我表現相當冷淡：「或許，請進來吧！」

打開門，讓她進去，她倒十分痛快，一進屋就道：「你可知道，如今世界上，研究人體異能，譬如說在精神集中之後，能產生力量，使物體移動這種現象，最有成就的國家是哪一個？」

我和白素，一聽得她這樣問，都不禁一怔，但是隨即，我們就明白了。她自然不是無原無故提出這一個問題：我們的行動被她知道了。這種鬼頭鬼腦，特務式的打探方法，着實令人討厭。

我立時道：「當然是貴國，聽說有一個女人，在集中意志之下，可以令一柄銅湯匙的柄彎曲？」

院士點頭：「是，而這項研究，正是我主持的多項研究之一，我是這方面的專家。」

我冷笑了一聲，正想說話，白素卻向我施了一個眼色，剛才進門口時，我已替她們介紹過，白素突然問：「真的有那麼大的力量？」

院士道：「完全是事實，但是絕不是每一個人都是如此。」

白素又道：「理論上來說，這種力量，由人腦活動所產生，一股看不見的力量，竟能使一件金屬體彎曲，這有點不可思議。」

卓絲卡娃院士道：「我假設了一項理論——」

她只講了一句，我已經攔住她，不讓她說下去：「天下沒有白吃的午餐，你告訴我們研究的成績，目的是什麼？」

卓絲卡娃側頭想一想：「自然有，但能不能使我達到目的，完全掌握在你，而我的話，對你們多少有點好處。」

我悶哼了一聲，沒有說什麼，白素卻說得十分熱情：「請說，請坐。」

卓絲的坐姿，有點像受過嚴格訓練的軍人，腰肢筆挺，一副昂首準備戰鬥的樣子。她道：「人腦活動所產生的力量，還沒有一個正確的名詞，一般泛稱為腦電波。我的假設是，腦電波能令得金屬的分子排列起變化，分子的變化如果劇烈，大量分子移向一邊，另一邊自然質量減少，就會出現細長的金屬體的彎曲現象。在試驗中，同一個人，也可以使一塊磁鐵的磁性，減弱或者加強。」

我心中一動，但是卻裝得若無其事。

她為什麼特意提到了磁性的加強和減弱？

我和白素互望了一眼，她顯然也想到了這個問題，所以我們交換了一個眼色，但雙方都沒有結論。

院士吸了口氣，接着又道：「甚至腦電波活動的力量，還可以使得一些物體，發出光亮來。」

她講到這裏，若是我還不知道她在暗示什麼，那真是太後知後覺了，同時，我也難以掩飾心中的厭惡和不快，我冷冷地道：「院士閣下，我尊敬你，是因為你是一個傑出的科學家，但如果你那麼喜歡採取特務的手法，在暗中窺伺我們行動，我只好立即請你離開。」

卓絲卡娃緊抿着嘴，顯然她不是經常受到這種語氣對待，靜了片刻，她才道：「我所知的一切，全是憑我的專業知識推測出來的結論，和你所謂的特務方式，沒有任何關連。」

我不出聲，在考慮她講的話的真實性，她又哼了一聲：「你們進行的事，又不是什麼秘密，參加者之中，就有兩個曾是我的學生。」

我記得陳長青曾說過一句，參加者之中，有幾個對意志集中產生能量，有過相當程度的研究，院士所說的兩個學生，多半就是那幾個人之中的兩個了。

我仍然不出聲，院士說了她的目的：「那東西，憑你們這種盲目的行動，絕研究不出什麼結果，所以應該交給我來研究。」

我的第一個反應，當然是立即拒絕，但是白素已經搶在我前面：「自然，如果由你來主持研究，可能事半功倍，但是對這東西，在研究之前，至少要有一個設想，你設想是什麼？」

卓絲卡娃沉聲道：「毫無疑問，這東西是一組裝置設備中的主要組成部分，我設想它是一個啟動器：由腦電波控制的啟動器。」

一聽得她這樣說，我對她的厭惡感，立時消失，因為她的設想，和我們的設想，完全一樣！

她繼續道：「啟動器能啟動什麼裝置，自然無法想像，可能是巨大的宇宙航船，也或許只是一個小型的設備，甚至，可能只是一個光源開關。但它既然由腦電波控制，就可以肯定，那是來自外星的物體。」

她的分析，如此合理，在一剎那間，我真想告訴她這東西是從什麼地方來的。但我還是忍住了不出聲。白素笑道：「這正是我們的設想，院士，如果你能留下來，參加我們的研究，歡迎之至。」

白素的邀請，真是好主意，誰知道卓絲卡娃冷冷地道：「要怎樣和你們說，你們才明白？要研究那麼複雜的東西，不是幾個人有決心就可以達到目的，要有大量的研究設備，而這種研究設備，絕不是個人力量所能辦得到。為了人類科學的前途，你們應該把那東西交給我。」

我笑了起來：「說得太偉大了，如果真正為了人類科學的前途，我想，我們會把這東西的存在公開，同時，籲請各國科學家，一起集中來研究，而不會把它交到一個國家的手中——」

我講到這時，略頓了一頓，補充了一句絕不客氣的話：「何況貴國家在國際上的名譽，並不十分好。」

卓絲卡娃面色鐵青：「你可以不答應我的要求，但不能侮辱我的國家。」

我一昂首：「要不要我舉出幾個例子來？最近的例子是，一架南韓的民航機——」

白素截住了我的話頭，全然轉變了話題：「我倒認為我們可以研究出結果，如果你有興趣參加，那自然最好，不然，東西是齊白先生發現的，屬於他——」

卓絲卡娃的聲音充滿了憤怒：「不屬於他，屬於全人類。」

我立時道：「你，蘇聯科學院，能代表全人類嗎？」

卓絲卡娃十分憤怒，白素鎮定地道：「齊白先生絕不會讓人討論這個問題，因為事實上，這東西是他的。」

卓絲卡娃深深地吸了一口氣，突然一言不發，轉頭就走，重重把門關上。

我拿起電話，撥了陳長青家的號碼，陳長青和齊白果然還沒有睡，我把情形告訴了他們：「巧取不成，必有豪奪，要小心。」

齊白悶哼了一聲：「東西在我這裏，要是會失去，那也別混了。」

他說得豪氣干雲，我倒不免有點擔心。可是第二天，什麼也沒有發生，第三天，就是五百人的大集會了。

明知道這五百人之中，可能有卓絲卡娃的人在，但我們也無法一一甄別，商議的結果是，當它什麼也沒有，照常進行。

五百人的集會，場面自然比一百人壯觀，所有的人全坐下來，仍由我宣布參加者應該做些什麼，然後，我們五個人，和上次一樣，由屏風圍着，在中心部分，那塊合金，就放在我們面前。

人雖多，可是人人集中精神，整個大廳中，十分寂靜。

不到五分鐘，那塊合金就開始發出光亮，亮度迅速增強，陳長青好幾次要伸出手指去，都被我制止，半小時之後，那塊合金的光亮度，至少已和一百支光的電燈相若。

而且，在每一個小平面上，似乎都有光亮在射出來，這情形，和以前只是它本身變得光亮，又有不同。在小平面中射出來的光線，不是很強，但是明顯可以看得到。

這種情形，維持了十分鐘，沒有再進展，我看看時機已到，作了一個手勢，我們五個人的手指，一起向那塊合金按去。

可是，也就在一剎那間，我們的手指，還未碰到那塊合金，便陡然傳來了「轟」地一下巨響。

由於變故來得實在太突然，那一下聲響才傳出，直覺地以為是那塊合金，發生了什麼變化，產生了爆炸。那塊合金是什麼東西，根本不知道，它若是爆炸，會形成什麼後果，也不知道。

一切全不可知，有了變故，也更使人感到震駭！

我立時縮回手來，別的人也是一樣，接踵而來的變故，發生得更迅疾，連給人思索究竟發生了什麼變故的機會都沒有，和轟然巨響同時，是一陣震耳的驚呼聲——在場的五百人，即使不是人人都在一剎那間，發出了驚呼，至少也有一半以上的人，在這時驚叫，然後一大蓬濃煙，就在屏風圍着的上空，炸散開來，展佈得極其迅速。

我看到了濃煙的時候，心念電轉，已經知道是怎麼一回事了。

我們租用這個場地，並不是什麼秘密大計，雖然我們沒有宣布要做什麼用，但如果有心要打探，尤其對於多少知道一點內幕，如卓絲卡娃院士這樣的人來說，自然可以了然於胸。

那麼，要對付我們，也就不是什麼難事，在大廳正中的天花板上，先裝置一些強烈的煙幕彈，然後用遙控裝置來引爆，這是連中學生都可以做得到的事。

而引爆煙幕彈的目的，自然是製造混亂，製造混亂的目的，不用說，想來搶奪異寶。

我的念頭轉得極快，可是事情的突變，似乎發生得更快，濃煙一爆散，迅速展佈，我已經看不到陳長青他們四個人，同時，屏風顯然被推倒，有人極快地闖了進來。

在濃煙之中，顯然混雜着催淚氣體，我的眼睛已感到了一陣劇烈的刺痛，幸好我一看到濃煙，就立時屏住了呼吸，這時，廳堂之中，亂成了一片，劇烈的嗆咳聲，不斷傳來，我聽到就在身邊，傳來了溫寶裕的嗆咳聲。他顯然是因為沒有經驗，未能及時屏住呼吸，而吸進了有毒氣體。

從轟然巨響到這時，我記述的雖然多，但實際上一切幾乎同時發生，至多也不過是兩三秒鐘，我肯定有人要製造混亂，爭奪異寶，自然就立即決定，要守住寶物，不讓人搶走。

所以，我的視線，未曾離開過桌面，濃煙籠罩着，在我身邊的人，我也看不見了，眼睛劇痛，淚水湧出，視線模糊，但是就在一剎那間，我卻看到了難以形容的一種情景。讓我再重複一遍，當變故發生之前，異寶在五百人集中意志的影響之下，不但本身光亮，而且在每一個小平面之上，都隱隱有光柱射出來。

濃煙一罩下來，異寶所發出的光芒，正在迅速減弱。

由於變故實在來得太快，異寶光芒的消退雖然快，還未曾全部消散，所以，仍然有幾股比較強的光芒，射向罩下來的濃煙。

那只不過幾十分之一秒的時間，而且我的雙眼，受了催淚氣體的刺激，視線模糊不清，可是我的而且確，看到當那些一閃就隱沒的光柱，射向濃煙，在濃煙之中，現出了一個形象來，由於時間實在短，我無法確定那是什麼形象，但一定有點什麼現出在濃煙之中，這一點是毫無疑問！

我忍着雙眼的疼痛，望向異寶，手也已經伸了出去。

製造混亂的人，想在我的面前，把異寶弄走，如果讓他們成功了，學齊白的口吻：我也別再混了。

可是想奪寶的人，動作也真快，我手一伸出，異寶的光芒已完全消失，我根據方位，準確而迅速地伸手出去，可是我的手，碰到的不是那塊合金，而是另一隻手的手背。

我無法判斷那隻手是什麼人的，我看準了方位伸出手去，碰到一個人的手背，自然是那隻手，先我一剎那，先取到了那塊合金，那隻手，有可能是陳長青的，可能是齊白的，也有可能是白素的，或是溫寶裕的。

如果是他們，那自然好，不論是他們之中哪一個人，都一樣。

可是我卻不能冒這個險，如果那隻手，不屬於他們四個人，而屬於奪寶者，那麼，異寶要落入他人的手中了，寶物一落入他人的手中，再要追回來，那不知要費多少周章。

所以，我一碰到了另一個人的手背，我立時中指凸出，向那人的手背，疾扣了下去。

中國武術的精要，是攻擊人體各部位中，最不堪攻擊之處，每個人的手背中間，都有一條筋，這條筋如果受到了重擊，就會使捱擊者的手，根本無法握住任何東西。我這時採取的，就是這樣一擊。而這一擊，顯然收效，一擊之下，我感到那隻手迅速縮回去，同時，也聽到了輕微的「啪」地一下響，證明那隻手，本來已經把那塊合金抓在手中，在我一擊之下，手指鬆開，那塊合金，重又落到了桌面上。

我一聽到了聲響，手立時向下一按，那時，我手離桌面，不會超過十五公分，照說，只要一按下去，就可以把那塊合金取在手中了，可是就在這時，我手腕上，突然麻了一下，令得我整個手都一點氣力也使不出來。

我知道，遇到了中國武術的大行家了：脈門在一剎那間，被人彈了一下。而我立即感到，齊白精於盜墓，不見得在武術上有多高的造詣。陳長青的武術知識，只怕全部來自武俠小說，溫寶裕更不必說了，只有白素，能有這樣高的武術造詣，難道我剛才擊中的手背，竟是白素的？

我心念電轉，只想到，也只有白素，反應才可能比我更快，所以，她先伸手出去，大有可能。

我一面想着，一面運氣一衝，手指立時恢復了活動的能力，其間相差，也絕不會超過半秒鐘，可是當我手再次按向桌面之際，那塊合金，卻已經不在了。

我立時在桌面上，用手掃了一下，沒有碰到那塊合金，卻碰到了不少其他人的手，可知在毒煙籠罩之下，想混水摸魚的人，真還不少。

任何人，其勢不可能在長久屏除氣息的情形之下進行活動。

我假設奪寶者配有防毒面具，那麼他們就絕對有利。如今，異寶已不在桌面上，不知落入了什麼人手中，我再逗留在桌旁，在桌面上亂摸，變得極無意義，還不如趕快離開，守着離去的通道，還可以有希望，及時截住他。

這時，由於雙眼的劇痛，我已經無法睜開眼睛，我閉着眼，向後疾翻了出去，在翻躍出去的時候，我騰躍得特別高，但是在落地時，仍不免撞倒了幾個人。

幸好大廳的一邊，是極寬闊的門，而人也已疏散，我落地之後，勉力睜眼一看，看到了光亮，就疾闖了出去。

一面向外闖去，一面心中又氣惱又慚愧，由於變故發生之後，只留意到了寶物不被人奪走，連在旁的人，都未及照顧，溫寶裕年紀輕，缺乏應變的經驗，至少應該照顧他，把他帶出來才行。如今寶物未曾到手，連人也沒有照顧到，直是窩囊之極。

闖出了大廳，看到酒店的大堂，走廊之中，亂成了一團，警鐘鳴得震耳欲聾，人從大廳之中，你推我擁地奔出來。

外面的濃煙，比起廳堂裏，自然小巫見大巫，可是那濃煙中的催淚氣體，十分強烈，而且現代化的大型建築，不可能有一陣強風吹來，把濃煙吹散，所以雖然走廊和大堂中濃煙不多，也足以使人難以忍受，紛紛向酒店外面奔去。

我勉強吸了一口氣，覺得喉間辛辣無比，十分不舒服，可是看起來，只有我一個人離開了廳堂，我在考慮，是不是要再衝進去。

就在這時，我看到陳長青拉着溫寶裕，夾在人叢中奔了出來。我忙迎了上去，這時每一個人都狼狽莫名。我也無法多說話，只是向酒店的大門口，指了一指，示意他們立即到外面去。

陳長青雙眼通紅，淚流滿面（我大抵也是這副狼狽相，好不到哪裏去），點了點頭，就向酒店大門口奔去。這時，白素在先，齊白在後，也自廳堂衝出，隨着許多人衝出來，帶動了氣流，自廳堂中冒出來的濃煙更多，我想叫他們，可是一開口，喉際像是有火在燒，竟至於一點聲音也發不出來。

齊白和白素也看到了我，我們無法可施，連相互交換一下眼色也做不到，因為雙眼之中，滿是淚水。

目的在製造混亂的人，真正製造了一場大混亂，僅僅三四分鐘，有毒的濃煙已通過空氣調節系統，迅速在向整座酒店擴散，樓梯口，已有樓上的住客，尖叫着衝下來。

在這種情形下，我們不撤退，也決無可能，由於變故來得太突然，一點應變的預防也沒有，這時，別說有一具防毒面具，就算是有一副普通的風鏡，也是好的，可是在這樣的混亂之中，上哪裏去找風鏡去？

我、白素和齊白三人，在人群中推擠着，一起向酒店之外奔去。

奔出了門口，來到露天處，連吸了幾口氣，才算勉強定過神來。

我一生之中，處境狼狽不堪的情形，不知有多少次，被機械人捉了起來當「玩具」，被誤以為是外星人而關進鐵籠子，等等。可是我真覺得再也沒有比如今的處境更加狼狽的了。

酒店的門外空地上，擠滿了看熱鬧的人，還有許多人，像潮水一樣，自酒店中湧出來，警方人員還沒有大量趕到，有幾個可能是恰好經過的警員，眼看這樣混亂的局面，如同泥塑木雕，不知道如何應付才好。

我一等恢復了可以說話，就急忙啞着嗓子問：「那東西在誰手裏？」

我那一句話才問出口，就知道事情大大不妙了。

因為幾乎前後只差極短的時間，齊白這樣問，白素這樣問，陳長青和溫寶裕也這樣問。

不在我們五個人任何一個的手中！

異寶被奪寶者奪走了。

一時之間，我們幾個人面面相覷，不知如何才好，齊白首先一頓腳，一聲不出，立時向酒店又衝了進去，我道：「陳長青，溫寶裕，你們留意從酒店中出來的人，有一個人手背上給我擊了一下，當時我下手相當重，手背上可能還留着紅腫，這個人是嫌疑者。」

當我在這樣說的時候，也明知希望渺茫，自酒店中湧出來的人上千，哪能一個個看得清楚。可是陳長青和溫寶裕兩人，還是答應着。我一說完，和白素互望了一眼，兩個人意思是一樣，也一起返身，向酒店奔去，一面推開迎面湧來的人群，一面交換了幾句意見。

白素道：「下手的人，留在酒店內的可能性不是很大，我先要去制止混亂，樓上的住客，可能以為發生了火警，情急之下，會從樓上跳下來。」

我嘆了一聲（實在無法令人不嘆息，實在是我們太大意了）：「我去找齊白，就算我們失散了，大家到陳長青那裏去集合。」

要逆着人潮進酒店去，不是容易的事，向外奔來的人，簡直鬼哭神號，人在這種緊急逃命的時候，會力大無窮，我們又不能傷害人，只好側着身子，盡量向前面擠着。

這時，我心中真是惱恨之極，我本來不算是一個報復性重的人，可是在這時，咬牙切齒，下定決心，非好好報復製造這場混亂的人不可。

一面向裹面擠着，一面我將外衣脫了下來，扯成兩半，把另一半，給了白素。我們兩人把扯開了的外衣，緊紮在口鼻之上，雖然不見有效用，但是比起就這樣吸進有毒氣體來，總好得多了。

齊白先我們行動，他已經擠進了酒店，看不見了，我和白素雖然同時擠進去，但這時，大廳中仍是亂成一團，一下子就被擠散，我只聽得白素含糊叫了一句：「我去開啟防火系統。」

我向我們集會的那個廳堂奔去，廳堂中的人看來都離開了，濃煙滾滾，向外冒出來，真不知道是什麼發煙裝置，竟然像是有噴不完的煙霧，我看到了齊白，想向內衝去，可是實在雙眼生痛，衝不進去，我奔到他的身邊，雙眼也已淚水直流，向他揮着手，示意他留意外面的人，比衝進去有用，因為廳堂中若已沒有人，奪寶者一定早已得手離去了。

齊白像是瘋了，一個勁兒要向內衝，我只好放開手，讓他衝了進去，可是廳堂中幾百張椅子，全都雜亂地倒在地上，他一衝進去就摔倒在地，我冒着濃煙，又把他拖了出來。

就在這時候，忽然像下大雨一樣，各處都有水柱噴射而下，我知道白素一定已開啟了消防系統，自動噴水口，噴出了大量的水。

同時，在極嘈雜的人聲之中，也聽到了擴音器中，傳出了白素的聲音。她的聲音，鎮定而有力：「請注意：酒店發生了意外，但絕非火警，各位絕對可以安全離開酒店，不是火警，請各位保持鎮定，有意外，但不是火警，不是火警。」她用幾種語言，不斷重複着。

大量的水噴射而下，也消滅了催淚氣體的作用，濃煙被灑下來的水，沖得消散了許多，我一面抹着臉上的水，一面向廳堂中看去，真是遍地狼藉，齊白踢着倒在地上的椅子，向前走去，來到了不到十分鐘之前，我們還圍坐着的那張桌子，桌子倒還好好地，可是，若是那塊合金還在桌面上，那實在太天真了。

齊白顯然是心中懊恨已極，當他來到桌前時，用力舉起了那張桌子來，重重摔了出去。這時，我已發現在桌子附近，有着三個輕型的防毒面具。

一看到三具防毒面具，我心中就不禁一凜，奪寶者可算是深謀遠慮。毒煙一爆散，他們戴着防毒面具行事，那使他們佔了絕對的優勢，而一得了手，他們立時就拋棄了防毒面具，冒着催淚氣體的侵襲，而不是戴着防毒面具離開。

他們拋棄防毒面具，自然是要混在人群之中，不被人發現。在我們離開這廳堂之前，他們一定早已離去了。

我向地上的防毒面具指了一指，齊白面色灰白，我向門外指了一指，先向外走去。

酒店大堂濕成了一片，那種凌亂的情形，真是難以想像，不過有毒氣體已減弱了許多，水還在不斷灑下來，我和齊白全身濕透，白素的聲音，還在響着，直到這時，才聽得警車聲自遠而近傳來。

我和齊白，站在闃無一人的酒店大堂，全身濕透，神情沮喪至於極點，齊白口唇顫動，發不出聲來。我嘆了一聲，扯開了紮在口鼻上的衣服，勉強安慰他：「不要太沮喪，一定是蘇聯人幹的事，你可以再去找你認識的那個副院長。」

齊白在事變發生之後，顯然焦急過甚，沒有想到這一點，這時經我一提醒，神情略見緩和，可是他隨即又頓足：「如果是他們搶走了寶物，你想他們會承認？」

我悶哼了一聲：「不承認，我也要到莫斯科去，到蘇聯科學院去製造一場比這裏更甚的混亂。」

齊白重重頓着腳，他一頓腳，就濺起水花來，大堂中積水之多，可想而知：「就算把莫斯科整個燒掉了，我那寶物……找不回來，也是白搭。」

我嘆了一聲，正想再說什麼，已看到幾個警官，帶着一隊警員，衝了進來，衝在最前面的一個，赫然是我所認識，而且曾和他打過不少交道的黃堂。

一見到了黃堂，我不禁大喜，他看到了我，卻呆了一呆：「怎麼什麼事都有你的份？」

我一把抓住他：「快，快通令海陸空離境處，禁止一個叫卓絲卡娃的蘇聯女人離境，她的身分是蘇聯科學院的高級院士。」

黃堂呆了一呆：「這裏——」

我吼叫起來：「不要這裏那裏，快去辦了再說，事情十萬火急。」

黃堂還有點不肯動的樣子，我推着他出去：「這蘇聯女人可能運用外交特權，但無論如何，不能讓她離開。」

黃堂這才向外奔了出去，我知道他會利用警車上的無線電話去下達命令，總算有了一個堵截卓絲卡娃離去的法子，白素這時，也一身濕透地自樓上下來，我們相視苦笑，只不過大意了一次，便形成了這樣的局面，真是一個慘痛的教訓。

黃堂很快就回到了大堂來，連聲問：「怎麼一回事？怎麼一回事？」

我嘆了一聲：「我請了一些人，在作類似超意志力的試驗，誰知道有人破壞，我相信是引爆了發煙裝置，有沒有人受傷？」

黃堂瞪了我一眼：「不少人受傷，幸而傷勢都不重，全市醫院都出動了，衛斯理，你也真會鬧事。」

我懶得和他爭辯，只是十分疲倦地道：「說話要公平一點，鬧事的是引爆了發煙裝置的人。」

這時，酒店的幾個負責人，也衝了進來，其中一個當值經理，指着齊白，氣急敗壞地道：「是他……租場地是他來接頭的。」

一個看來十分高級的中年西方人，聲勢洶洶來到齊白面前：「我要你負責。」

齊白冷冷地道：「我不要你負責。」

在那西方人還沒有明白他的話是什麼意思間，齊白已經又道：「我會把這間酒店買下來，而且，不會交給你負責。」

那西方人張大了口，半晌合不攏來，不知是呼氣好，還是吸氣好。

黃堂在一旁，有點不滿意地問：「這位是——」

那西方人這才喘了幾口氣：「我是總經理，責任上，我——」

我們都不再理會他，又一起回到了廳堂，看到天花板上，黑了一大片，煙幕爆散裝置，當然裝在那上面，我和齊白互望了一眼，覺得再留在這裏，沒有什麼意思。我把陳長青住所的電話也留給了黃堂，請他一有卓絲卡娃的消息，就和我聯絡。

然後，我們一起離開了酒店，在酒店附近，找了一會，沒看到陳長青和溫寶裕，三個人的心情都十分沉重，只好先到了陳長青的家裏再說。

陳長青不在，好在齊白有門匙，開門進去，就聽到電話鈴聲不斷在響，我一步趕過去，拿起電話來，就聽到了黃堂的聲音：「衛斯理，你在鬧什麼鬼？你要我阻止出境的那個卓絲卡娃——」

我忙道：「怎麼啦？截住她了？」

黃堂悶哼了一聲：「昨天上午她就離開了，你還叫我阻止她出境。」

我不禁呆了半晌，頹然放下電話。卓絲卡娃昨天就走了！這種情形，只說明兩個可能，一是事情與她無關，但我更願意相信是她行事佈置精密，一切計劃好了，她先行離去，她的計劃成功還是失敗，我們在事後就算肯定了是她，她也可以振振有詞地抵賴。

當然，不但我想到了這一點，白素和齊白也想到了，齊白的神情更是沮喪，三個人都不想說話，過了好一會，白素才道：「東西現在不知道在什麼人手裏，或許已經立刻帶離此地，一點線索也沒有，我看還是要去找那個副院長。」

齊白煩躁地走來走去，我想起了濃煙才爆散之際一剎那間看到的情形，精神為之一振：「濃煙才一罩下來，你們可曾看到什麼奇異的景象？」

正在踱步的齊白，陡然停了下來，一臉驚詫的神情：「原來你也看到了？我還以為自己眼花了，我看到的情景，就像……就像……」

在他不知道該如何形容時，白素接了上去：「就像放映電影，光柱投向濃煙，而濃煙起了銀幕作用，所以令人可以看到一些東西。」

白素這樣說，自然是她也看到一些東西，她的說法十分確切，在那塊合金上，每一個小平面，射出的光芒，如果射向一個幕的話，會有形象映出來，情形就像電影放映。

我們三人同時吸了一口氣，異口同聲問：「你看到了些什麼？」

我搶着道：「很難形容，色彩十分瑰麗，像是在飄動着的什麼布片。」

白素沉聲道：「我看到的是一個類似圓筒形物體的部分，也很難說出確切的樣子來，那是極短時間中的一個印象。」

白素說到一半，陳長青和溫寶裕也回來了，我向他們簡單地解釋了一下，他們也在一剎那間看到了一些景象，陳長青看到的，是一些閃耀着金屬光彩的尖角或突起物，溫寶裕看到的是一截類似圓棍狀的物體。由那塊合金每一個小平面中投射出來的光芒，若是投射到了銀幕之上，竟可以形成不同的景象，我們五個人由於坐的位置不同，所以在一剎那間，從各自所坐的不同角度，看到了不同的景象。

不過，我們雖然看到了不同的景象，卻都說不出所以然來，看到的，全是一些不完整的東西，而且，那些東西，一定都是我們不熟悉的，要不然，即使不完整，也可以知道那是什麼。譬如說，一把茶壺，就算看不到整個，只看到了壺柄、壺蓋，或是壺嘴，也可以知道那是什麼。

除了齊白以外，每一個人都說出自己看到了什麼，所以各人一起向齊白望去。

# 第六部

# 人腦和異寶有感應

齊白遲疑了半晌，才支支吾吾地道：「我不敢肯定……當時的情形那麼惡劣，但是……我認為……我看到了一隻……一隻人的手！」

我們都說不出看到那是什麼，但是齊白卻說得出來，難怪他遲疑了。我首先一怔：「一隻手？」

齊白道：「應該是一隻手！」

他一面說着，一面伸出自己的手來，我有點不明白他說「應該是一隻手」是什麼意思，請他作進一步說明，他道：「就是這個形狀，不是應該是一隻手嗎？」

他說着，轉動着他的手。

自合金的小平面中投射出來的形象之中，會出現一隻手！對於這個現象表示了什麼，實在連猜也無從猜起。陳長青嘆了一聲：「唉，那……真是寶物，可以作無窮無盡的研究，可惜……」

他連連搖頭，沒有再說下去。

自然，大家都知道他要說什麼，可是也沒有人接上，因為那令人不愉快之極。

齊白一拍桌子，站了起來：「我這就去機場，用最快的方法到莫斯科去！」

陳長青道：「你至少把身上的濕衣服換一換！」

齊白憤然道：「浪費時間，或許就在我換衣服的時候，恰好有一班飛機起飛！」

他奔上了樓，一下子就提着一個小提箱奔了下來，我在他向門口走去的時候，追上了他：「我和你一起去！」

齊白沒有拒絕，也沒有答應，我和他一起上了車，由我駕車，在去機場的途中，我們都不出聲，因為異寶就在我們面前失去，誰也逃不了失敗的責任。

我思緒十分紊亂，在胡思亂想，想些不着邊際的事，我想到那異寶，又能接收人的思想，又能影響人的腦部活動，在某種程度上來說，倒可以如齊白所稱的那樣：它是活的！

我又連想到，如果它真是活的，那倒好了，如果它真是活的，現在它不知道落在誰的手裏，身在何處，至少就可以發一個信號給我，我和它相處時間不算短，它不止一次接受過我的思想，應該相當熟悉，如果它可以給我一個信號，那麼要找到它，自然容易得多了！

我只是一個人在胡思亂想，由於我想的事，看起來全然於事無補，只不過是在極度失望和懊喪的情緒之下，胡亂想着，尋求一種發泄，所以我也絕沒有和齊白交換意見。

由於我心神恍惚，所以駕車也駕得大失水準，好幾次幾乎衝上行人道去。

等到到了機場，齊白到航空公司的辦事處去詢問，我在外面等他。

我仍然在想着同一個念頭，突然之間，我忽然震動了一下。

這是奇妙而難以形容之極的一種感受。我不能説我確切地接受了什麼信號，如果真接受了什麼信號，應該是有一種實在的感覺的，雖然不至於像聽到什麼，看到什麼那樣強烈，但總有一點感覺的。

可是，我這時沒有感覺——說沒有感覺，自然也不通，因為我真是感到了什麼，我感到的是，那寶貝，離我極近！而且，可以感到它所在的方向！

我疾抬起頭來，剛好看到在我不遠處，有一個人，提着一件手提行李，樣子極普通。

但是這個人的動作，卻引起了我的注意，當我望去之際，他已經完成了他動作的五分之四，他的動作是疾轉過身去。

他為什麼要急速地轉身？是不是因為他走過來，看到了我，為了想避開我而轉身？如果是，他為什麼要避開我？因為他認得我？

我記不起什麼地方見過這個人，我急速轉着念，剛才有了那麼奇妙的感覺，由於這個奇妙的感覺，我才向這個方向望去，又看到了一個行動可疑的人。

難道真是那是寶物給了我信息，告訴我它在什麼地方？這種想法，實在很無稽，可是我卻不願意放過萬一有可能的機會。

那個人轉過身去，維持着正常的速度向前走，所以我很容易就追了上去，趕過了他，然後，在他面前，疾轉過身。

那是一個我從來未曾見過的東方中年男子，我一轉過身來，就沉聲道：「你為什麼要避開我？」

那人十分驚駭，但是隨即恢復了鎮定：「我不知道你在說什麼！」

他如果一直震驚下去，由於我的行動，由十分無稽的意念而起，我或許會放棄。

可是他從震驚到鎮定，時間是那麼短，這表示他在應變方面，受過極嚴格的訓練，他的樣子雖然十分普通，但他決不會是一個普通人。這就是使我起疑，我立時道：「如果我告訴你，那東西的磁性太強，你根本通不過海關的檢查，你也說不知道我在說什麼？」

那人一聽我這樣說，反應之奇特，倒也真出乎我的意料之外。

本來，我去找這個人的麻煩，全然沒有什麼實在根據，單憑着甚至不能算是感覺的一種微妙的感應，和多年來，我生活經驗告訴我，這個人的行動，確然有可疑之處。如果他應付得法，若無其事，我也拿他無可奈何，可是我說的話令他感到了真正的震驚，所以他才會有那麼奇特的反應。

我的話才一出口，這個人，立時以極快的速度，向前奔跑，他並不是轉過身去逃走，而是在我身邊疾掠而過，向前奔出去。

這自然是受過訓練的逃跑方法，在緊急情形之下要逃走，要爭取十分之一秒甚至更短的時間。若是轉過身去逃走，轉身需要時間，轉身之後再蓄勢起步，又會減少了時間。

像這個人的逃走方法，直衝向前，我要去追他，我就必須花時間來轉身，對他來說，就等於又爭取了時間，一來一去，他比較有利。

雖然他爭取到的時間，不會超過兩秒鐘，但想想人類跑一百公尺，可以在十秒鐘之內完成，兩秒鐘，也足可以奔出二十公尺左右了，對於一個逃命的人來說，二十公尺，可能就是生和死之間的距離！

我疾轉過身來，他已經至少在十公尺之外，而且，在這個距離之間，有很多人，而他繼續在向前奔去。

我自然立即追了上去，一面追上去，一面叫：「阻止他，阻止他。」

這是最有效的方法了，當有一個人在前奔，而後面有一個人在追他，群眾之心理是：在前面奔的那個，一定不是好人，所以後面追的人只要一叫，一定會有人見義勇為。

果然，我一叫，那個人的面前，立時出現了幾個人，阻住了他的去路，他用力推開了其中的兩個，可是這樣一來，反倒令得更多的人，阻住了他的去路，而我又飛快地奔了上來，他再也無路可走。

這一追逐，機場大堂之中，一陣混亂，那人喘着氣，面色極難看，可是卻立即鎮定，大叫道：「警察，警察在哪裏？」

剛才還在拚命逃走的人，忽然之間，大聲叫起警察來，這倒很使旁觀者愕然，一時之間，都向我望來，顯然弄不清我們之間的身分。一聽得他叫警察，我就知道這傢伙不容易對付，也立時有了主意。所以，當兩個警官一出現之際，我搶先道：「請通知特別工作室主任黃堂，請他立即到機場來，同時，看牢這個人，別讓他有任何小動作。」

那兩個警官一聽到我提到了黃堂，先是怔了一怔，隨即答應着，一個已利用隨身佩帶的無線電通訊儀，把我的要求，轉達出去。

那個人現出了十分氣憤的神情，厲聲對警官道：「這算是什麼，我登機的時間快到了，憑什麼扣留着我。」

這時，齊白也奔了過來，我向他使了一個眼色，示意他不要出聲，由我來應付，我道：「你現在有兩條路可走，一條是自動把東西拿出來，你上飛機去。另一條是準備接受在酒店中製造混亂的控訴。東西我們一樣可以在你的身邊搜出來。」

那人的臉色陰晴不定，齊白用甚為疑惑的目光看着我，我則緊盯着那個人，那個人考慮了大約一分鐘，才從衣袋之中，取出了一隻盒子來，打開，在盒子中，就是那塊合金。

齊白一看到了他的寶貝，高興得又叫又跳，一下子就搶了過來。我忙對那兩個警官道：「我們之間糾紛解決了，黃主任等一會來了，我會向他解釋一切。」

同時，我伸手拍了拍那人的肩頭：「朋友，你是一個聰明人，不是事情十分奇特，你不會失敗，請不必把這件事放在心上。」

那人口唇動了幾下，沒有說什麼，轉身就向前走了開去。兩個警官神色疑惑地望着我和齊白，我道：「我可以到你們辦公室去，和黃主任通話？」

兩個警官帶着我們到了辦公室，找到了黃堂，解釋了幾句，齊白一直把那塊合金，緊握在手中，等到我們上了車時，我才把經過的情形，向他說了一遍，由衷地道：「齊白，你說得對，它真是活的，它不願意落入搶奪者的手中，願意和我們在一起，所以，它才給我通了信息，告訴我它在什麼地方。」

齊白喃喃地道：「太奇妙了，真是太奇妙了。」

我吸了一口氣：「事先，我曾胡亂想過，要是它能告訴我，它在什麼地方，那就好了，它果然做到了這一點。我要再不斷地想，要它告訴我，它究竟是什麼。」

齊白突然鬆開了手，盯着手中的「它」，而現出一種相當駭然的神情：「會不會它根本是……生物？我們看來……它是合金，會不會它根本就是生物？」

我也不禁駭然：「不會吧，我們分析過它的成分，是鐵、鈷和鎳的合金。」

齊白道：「你把地球人拿去分析，也可以分析出金屬的成分來。」

我遲疑道：「可是……它全是金屬——」

齊白一下子打斷了我的話頭：「第一，X光照射，證明它內部有我們不明白的東西在，其次，或許外星生物，就全由金屬構成。」

我只好苦笑：「可是……它不會活動——」

齊白長長吸了一口氣：「它有思想，有感情，連你也承認它是活的！」

我無法完全同意齊白的說法，但是也無法反駁，所以，我只好保持沉默。

在警方駐機場的辦公室中，我已經打電話通知了陳長青，我們得回了異寶，所以，當我們回來時，陳長青又叫又跳，興奮莫名。

溫寶裕又被他家裏接回去了，白素在我和齊白離去之後不久離去，可是家裏沒有人聽電話，她也沒有說是到什麼地方去了。於是，我們三個，把異寶放在桌上，圍桌而坐。

失而復得，本來就足以令人高興，而且是在這樣情形之下失而復得，那更是令人興奮，這異寶，當然對我們有好感，才會通知我它在何處，人和一塊合金之間，居然會有感情的聯繫，這實在是匪夷所思，但卻又是實實在在。

望異寶，齊白嘆道：「它需要比較強烈的腦電波，幾百個人同時發出，可惜我們只有三個人，而幾百人的大場面，只怕又引起混亂。」

陳長青埋怨我：「你至少應該弄清楚那傢伙是何方神聖，我們也好預防。」

我瞪了他一眼：「在當時的情形之下，只好先要他自動把東西拿出來，我又沒有真憑實據，說東西一定在他的身上，而且，我也無權搜他的身。」

陳長青還是不滿意，又咕噥着說了幾句，我也不去理會他，道：「這東西的小平面上，能發出光柱，而光柱又可以在銀幕上映出形象，齊白甚至看到了一隻手，那麼，這東西——」

陳長青要搗起蛋來，本領也真不小，他立時接了上去：「這東西，可以說是由腦電波控制的一具小型電影放映機。」

陳長青這樣說法，自然是大有譏諷之意的，我正想反唇相譏，但突然之間，我想到了一點，陡地吸了一口氣：「這……寶物之中，蘊藏着某種資料，而這種資料，可以通過光線的投射，而現出具體的形象。陳長青，它不是放映機，不會給你看到一部電影，但是能給我們它的資料。」

陳長青呆了半晌，不再出聲，齊白嘆道：「問題還在這裏，它需要的動力，不是磁力，不是電流，而是要強大的聚匯在一起，同時發生的腦能量。這種腦能量，除了幾百人幾千人一起集中思想之外，不可能由別的方法得到。」

我揮着手，我有一個概念。幾百個人幾千個人聚集在一起，使腦部的思想活動，趨於一致，也就是說，大家想着同一件事，腦能量只怕也不足使一些物體移動或變形。但是卓絲卡娃說過，她主持的實驗人體異常功能的過程中，就有一個人集中精神，就可以有物體移動、變形。這是不是說，有特異功能的人，一個人的腦能量，就可以及得上幾千人，幾萬人，甚至更多？

如果是這樣，那麼，我們只要去找一個有特異功能的人就可以了。

我沉默了片刻，把我的想法，提了出來。

齊白搖頭：「和蘇聯科學院合作？我不贊成。」

我道：「我的意思是，我們需要一個有腦活動特異功能的人——他能使自己腦部活動，發射出比常人強千百倍的腦能量。」

陳長青嘆了一聲：「上哪兒去找這樣的異人？有了異寶，還要找異人！衛斯理，常人眼中，你也可以算是一個異人了，可是你沒有這樣的本領？」

我緩緩搖頭：「我沒有，但不等於沒有這樣的異人。卓絲卡娃就有不止一個。」

陳長青搖頭：「就算飲鴆可以止渴，我也寧願渴死。」

我有一個相當偉大的計劃，這時把它說了出來：「看來，要研究這東西，真的不是私人力量所能做得到，可以把它向全世界公開，甚至也歡迎蘇聯科學院一起參加研究——」

我的話還未曾講完，齊白已叫了起來：「不，寶物是我的。」

我皺眉：「你想在這寶物之中，得到什麼好處？」

齊白翻着眼：「誰知道，或許是長生不老。」

我提醒他：「別忘記，這寶物的上一代主人是秦始皇，他可沒有長生不老。」

齊白悶哼一聲：「或許他不懂得怎麼用它。」

當他這樣說的時候，他已經把那塊合金，緊緊抓在手裏，像是怕我搶了去。

陳長青道：「或許我們可以再來一次，租一個大球場，集中幾萬個人——」

我苦笑：「在經過了酒店的那一場混亂之後，你以為警方會再准我們進行大規模的集會？」

在我和陳長青說話間，齊白陡然叫了起來：「你們別吵好不好？我一定會想出辦法來的。」

我嘆了一聲，站了起來，這些日子來，為了研究這寶物，真是殫智竭力，使人的脾氣變得暴躁，再爭下去，也沒有什麼意思，我們都需要最低程度的休息。所以，我告辭離去，陳長青和齊白，都有點心神恍惚，也沒有挽留我。

我回到家裏，白素還沒有回來，我也想不出她到什麼地方去，在書房順手拿了一本雜誌，翻了幾頁，卻又看不進去，老是想着那塊奇異的合金，感到它一定儲存資料，也想把它的資料給我們知道，可是我們就是不知道如何才能得到它的資料。

過了沒有多久，電話鈴聲響起來，我拿起電話，意外地聽到了卓絲卡娃的聲音：「衛先生，我在莫斯科。」

我「嗯」了一聲，卓絲卡娃接着道：「我失敗了，甚至不知道如何失敗的。」又道：「你能告訴我？」

我嘆了一聲：「院士，很難向你說明，你的行動，其實天衣無縫，只不過因為極其偶然的原因，才使那東西不能落在你的手中！」

電話那邊，傳來了她一下長長的嘆息聲：「可能是天意，不過我還是堅持，那東西在你們手裏，是研究不出來什麼名堂來的！」

我心中陡然一動：「我需要特別強烈的腦能量，至少要等於一千個人或者更多人，而由一個人發出的，你知道有這樣的人？」

卓絲卡娃停了片刻：「你對腦能量有一點誤解，每個人都能發出同樣的腦能量，不過不知如何去控制而已，懂得如何控制的人，就被視為有特異能力！」

我道：「我不想在理論上去探討，那太複雜了，我只是想知道，你有沒有這樣的人，可以推薦給我！」

卓絲卡娃道：「有，但不能推薦給你，不過……不過……」

她遲疑着，我不知道她為什麼要遲疑，過了一會，她才道：「其實，你自己也可以做到這一點，我感到，你就是一個有這樣能力的人！」

我不禁苦笑：「你別恭維我了，我知道自己並沒有這個特異能力，我不能注視着一隻銅匙而使它的柄，變得彎曲，也不能使物體在我注視之下移動。」

卓絲卡娃道：「你說的這種情形，是十分罕有的例子，就算集中十萬人，也未必可以達到這個目的，但是，你並不需要那麼強大的腦能量，是不是？」

我吸了一口氣：「對，五百人集中思考的力量，也足夠了。」

卓絲卡娃又靜了片刻，才道：「或許你不相信，我對那塊合金有興趣，純粹是……私人性質的，或者是學術性的，我只想揭開它的謎底來！」

我「嗯」了一聲：「在這方面，我們的目的相同，你說我們研究不出什麼來，那也未必，我們已經有了長足的進展。」

卓絲卡娃的聲音之中，充滿了興趣：「例如——」

我拒絕了她：「我不能告訴你，但我可以先答應你，等我們研究有了徹底的結果時，會告訴你一切。」

卓絲卡娃嘆了一聲：「那只好祝你們早日成功，衛先生，我感到，你至少可以控制自己腦能量，超過你平時幾百倍，別看輕自己！」

她掛上了電話，我發了半晌呆。

那場混亂，由她主使，已經證實，她一再說我的腦能量，可以在意志的控制下擴大，這是什麼意思呢？

我突然又想到：我曾想到要那合金給我信息，結果果然得到了一種「感覺」，是不是在我想到這一點時，我腦部活動不知不覺，達到了可以和那合金有感應的地步？

這種想法，令我十分興奮，我立時又想到：是不是可以再試一次？

卓絲卡娃長期從事人腦異常能力研究，所以她感到我有異於常人的能力？

思緒漸漸集中起來，我正是想着一件事：要再一次有那種極其微妙的感應。

我曾受過嚴格的中國武術訓練，訓練過程有一個步驟：集中精神，什麼都不去想，以利體內的「氣」的運行。

所以，我要集中精神去想一件事，很快就可以達到目的。

我不知道在這樣的情形下過了多久，看來至少已超過一小時，可是卻一點特異的現象都沒有，只有我在不斷地想着，也就是說，只有我的腦能量在不斷放射出去，而沒有接受到任何信息。

我還想繼續下去，可是這時，聽到了開門聲，白素回來了，我把坐着的椅子推向後，向書房的門口看去，看到白素走了上來，她才在書房門口出現，就用一種十分訝異的神情，望向我的身後。

她的這種神情，自然說明了在我身後，有什麼奇特的東西，我連忙轉回身去，卻又沒有看到什麼，再轉回頭去看白素，只見她疑惑的神情還保留着。

我忙問：「你看到了什麼？」

白素指着窗子：「窗外，好像有……光芒閃着，你沒有留意？」

窗子上垂着竹簾，如果窗外有什麼光芒在閃動，隔着竹簾，的確可以看得到。

但是我剛才一直集中精神，在想着那塊合金，根本沒有留意窗外的情形，這時，一聽得白素那樣講，連忙走到窗前，把竹簾拉起了一些，向外望去，外面卻什麼也沒有。白素這時，也來到了窗前：「剛才像是有人在窗外，劃着了一支火柴，有暗紅色的光芒，閃了一閃，可是一下就消失了！」

我吸了一口氣，心中思索着，白素笑道：「或許是路上有一輛車子駛過，車燈所發出的光，你為什麼樣子那麼緊張？」

我道：「因為剛才我花了將近一小時的時間，集中力量在想——」

我把剛才我在做的事，向她說了一遍，白素搖頭：「你以為我看見的那一閃……是那東西發出來的？」

我的確是這樣想，但是我卻苦笑了一下：「當然不會是，那東西在齊白手裏，相隔那麼遠，光芒會射到我這裏來，那還了得！」

白素揚了揚眉：「異寶可能有這種奇異的功能。」

我嘆了一聲：「混亂是卓絲卡娃製造的，她說，由於我有特異的腦活動能量，所以才令她失敗，她很不甘心，可是我自己又不覺得有什麼特別，我們五個人就曾試過，也不過令那東西，只發出了一點光芒，遠不如幾百人集中精神來得強。」

白素抿着嘴，並不立即回答，來回踱了幾步，揚着手：「我在想——」

她顯然有了一個想法，可是卻還不是十分成熟，所以不知該如何開口才好，我不出聲，等着她開口。過了一會，她才道：「我在想，會不會幾個人在一起，想着同一件事，所發出的腦能量，可能增強，也可能因為互相干擾而抵消？」

我怔了一怔，我從來未曾想到過這一點。我約略想了一想：「不會吧，事實證明，集中思考的人愈是多，那東西的光芒愈是強烈。」

白素笑了一下：「我的問題不夠具體，我是說，一個有着特異腦能量的人，和許多普通人在一起，他的特異腦能量，反會受到削弱。」

我明白她的意思了，她是說，如果由我一個人，想那寶物接受我的思想，那可能比幾百個人更有效果。

這次假設是不是成立，只要試一下就可以，而在這以前，曾有一次，就是那一次，使我知道它在什麼地方，而把它奪了回來。

我大是興奮，一伸手，拿起了電話，可是我又把電話放下：「我是不是有特異的腦能量，也只是卓絲卡娃的直覺——」

白素瞪大了眼：「你怕什麼，就算沒有結果，難道誰還會笑你？」

這倒是的，我也不知道自己何以竟會有猶豫，我再度拿起電話，一響就有人接，證明齊白和陳長青兩人，根本沒有休息。

接電話的是齊白，我先問：「怎麼樣，是不是有新的發現？」

齊白的聲音又疲倦又懊喪：「沒有。」

我把卓絲卡娃打過電話來的事，告訴了他，又對他說了白素的設想。

齊白聽了，並沒有什麼反應，只是「唔唔啊啊」，我道：「你把那東西帶來，讓我一個人面對着它，試一試，看結果如何。」

齊白陡然哈哈大笑了起來：「衛斯理，聽了那蘇聯女人的幾句話，你就以為自己是超人？」

齊白的話，令我感到相當程度的惱怒。

我第一次拿起電話來又放下，就是由於感到齊白會有不友善的反應。

我沒好氣地道：「是不是超人，讓我試一試，有什麼壞處？」

齊白道：「你一個人對着異寶凝思，其他人要迴避？」

一時之間，我還不知道他這樣說是什麼意思，順口答道：「那當然。」

齊白陡然提高了聲音：「衛斯理，有一件事情，你要弄清楚，雖然你把寶物找了回來，但是這並不代表你擁有它，它還是我的。」

一聽得他那麼講，我真是又好氣又好笑，罵道：「齊白，你在放什麼屁。」

齊白的聲音更高：「我說，我絕不會讓異寶離開我，它是我的，它——」

齊白講到這裏，陳長青多半是從他的手中，把電話搶了過來，叫道：「不必和這個盜墓人再說什麼，他的神經有點不正常，剛才，他還懷疑我要獨吞那寶貝，由得他抱着那東西去死吧。」

我實在想不到會有這樣的情形發生，雖然我剛才離開時，齊白的樣子有點古怪。我忙道：「你設法留住他，我立刻來。」

我放下電話，急得連話也來不及向白素說，只是和她作了一個手勢，就奪門而出。

大約只是十五分鐘，我就趕到了陳長青家門口，才停下車，就看到陳長青滿面怒容，站在門口。陳長青脾氣十分好，極少發怒，但這時，我來到面前，他還兀自氣得說不出話來。

我知道事情有點不對頭了，問：「齊白呢？」

這一問，把他心中的怒意，全都引發出來，他用極其難聽的話，一下子罵了齊白足有五分鐘之久，聽得我目瞪口呆。

陳長青最後的結論是：「總有一天，這王八蛋像烏龜一樣爬進古墓去的時候，給古墓裏的老女鬼咬死。」

我等他罵完，才搖頭道：「他走了？」

陳長青甩力一拳，打在門栓上：「走了，他說再和我們在一起，那東西遲早會被我們搶走，還放了一大堆什麼匹夫無罪，懷璧其罪的狗臭屁，說歷來有寶物的人，若是不小心提防，只怕連性命也會丟掉。」

我皺着眉：「這……真是太過分了。」

陳長青道：「你叫我留住他，我可沒法留得住，他說要對付我一個人還容易，你一來，合力要搶，他就抵抗不了。」

我苦笑：「他沒有說到哪裏去了？」

陳長青怒氣未盡：「去死了！真太氣人了，你向他提了什麼要求？」

我和他一面進屋子去，一面把經過的情形告訴他。陳長青聽到一半，就

「啊」地一聲，用力頓了一下腳：「原來是你集中精神在想！」

他叫了我一聲，揑住了我的手臂，激動得說不出話來。

我不知道他為什麼會這樣，只好望着他，等他解釋。他緩了一口氣：「你走了之後，我和齊白又研究一會，沒有什麼新意。那時，這王八蛋，已經很不正常，一直把那東西，緊握在手裏，而且，連我向他的手看上一眼，他也會陡然緊張，說些要我別想搶它之類的渾話，而且他一直在瞪着我，反倒是我，像是在極短的一閃間，看到被他緊握着的那東西，閃過一下光芒，光芒從他指縫中透出來，很強，但很短。」

我深深吸了一口氣：「這是我集中精神的結果？是我腦能量所起的作用？」

看來是沒有什麼可能的事，尤其是那一下強光的閃動，竟會直達我的窗前。

但是，在時間上來推算，倒十分吻合。

我沉吟不語間，陳長青又道：「他大概也有了一點感覺，立時低頭，向自己手上看去，把緊握着的手指鬆開，忽然叫了起來：『我握緊它，它知道我握緊它，它知道！』我還沒有問他這樣說是什麼意思，你的電話就來了，這王八蛋就像瘋了一樣逃走了。」

我皺着眉，仍然望着他，陳長青一揮手：「我倒認為那一下閃光，正是你腦能量和它起了作用。」

我苦笑道：「多謝捧場。」

陳長青憤然甩着手：「那東西雖然怪，但是天下怪東西多的是，這傢伙，他再來向我叩八百個頭，我都不會再幫他。」

我嘆了一聲：「我看，他會再到秦始皇陵墓去，作進一步探索。」

陳長青真是被齊白氣壞了，又用力甩着手：「我已決定不要再見這個人。」

我笑：「你要見他，也不是太容易。」

陳長青瞪着眼：「換點有趣味的話題好不好？」

我沒有說什麼，並沒有再逗留多久，就駕車回家，白素聽我說了經過，也不禁駭然：「當然那東西十分奇特，可是齊白不是這樣的人啊。」

我笑了一下：「人會變的，或許他根本就是這樣的人，只不過我們對他的認識不深。」

白素沒有再說什麼。齊白不見了，而且把那東西帶走，雖然在開始的幾天，我仍然每天花一段時間，去集中精神，希望得到一點「感應」，但是一無結果。

# 第七部

# 神仙境界天開眼

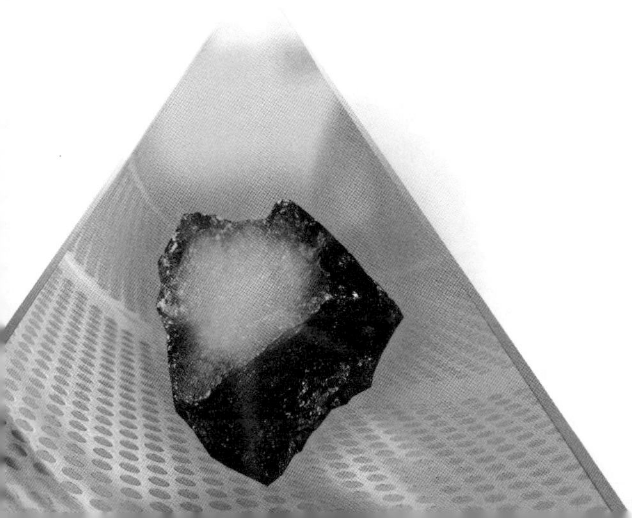

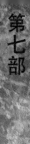

正如陳長青所說，世上有趣的，值得探索的事物，不知多少，接下來的日子之中，自然而然，將之淡忘。直到相當日子之後，卓絲卡娃又打電話給我，問我是不是有了結果，我把發生的事告訴她，她道：「你能不能把發現那東西的地點告訴我？」

我考慮了一下，齊白對我們不仁，我們不能對他不義，所以我回答：「不能。」

院士道：「真可惜，不然，再到那地方去，一定可以找到另外一些相類似的東西。」

我苦笑了一下，她又道：「你怎麼沒有去找一找的念頭？」

我嘆了一聲：「找不到的。」

她沉默了半晌，顯然是在揣摩我這句話是什麼意思。我絕對可以肯定，隨便她怎麼想，就算想破了頭，都不會明白那是什麼意思。

在停了半晌之後，她才道：「你沒有機會測試一下你的腦能力，十分可惜，我這裏有着世界上最先進的設備，如果你有興趣知道自己腦能量的強度，歡迎你到莫斯科來，研究一下。」

我笑了起來，立即拒絕了她：「不必了，我想沒有什麼用處，至少，目前人類還未曾找到腦能量有什麼用。要弄彎一個銅匙柄，大可以用手。」

卓絲卡娃嘆了一聲：「是啊，真是落後，其實這應該被普遍利用，你明由我的意思嗎？腦能量如果被普遍應用，那就表示——」

我接了口：「那就表示，人可想怎麼就怎麼，進了車子，想車子發動，直駛，轉彎，停止，都可以通過腦能量控制儀來完成。」

卓絲卡娃的聲音之中，透露着興奮：「就是那樣，就是那樣。」但是接着，她卻又傷感起來：「唉，這不知是何年何月的事，要是那東西……能供我詳細研究，肯定可以使理想實現的日子提前。」

我聽得她這樣說，也不勝感慨。對她的話，我並無懷疑，因為那塊合金，確然有接受腦能量控制的作用，交給她去研究，自然可以逐步弄明白。看來，她倒真是熱中於研究科學，雖然她在酒店中製造了這樣的混亂，手段實在卑鄙。

我也嘆了一聲：「相信是。」

她又提出了要求：「如果事情有進展，請和我聯絡。」

我十分誠懇地道：「一定。」

這次通話，可以說相當愉快，作為一個畢生從事這方面研究工作的人，那東西才真是名副其實的異寶，比起齊白，只想在那東西上弄點什麼好處來，卓絲卡娃的人格，比齊白高尚。

而齊白音信全無如故，一天和白素說起來，白素閒閒地道：「齊白一定又到秦始皇陵墓上面去了，你要找到他，可以到那裏去找。」

我悶哼了一聲：「才不去，誰想和這種人再打交道，認識那麼多人，最泄氣的就是他。」

白素笑了一下：「卓老爺子不是還在那邊蓋什麼獸醫學院嗎？可以託他手下的人，留意一下，齊白在那邊，總要和人接觸的。」

我搖頭：「不必了，而且，齊白也不一定和人接觸，他的生存能力十分強，他可以像地鼠，經年累月，藏在地洞裏。」

這種不經意的交談，說過就算，這期間，另外有一件事，說奇不奇，說不奇，卻又奇到了極點，佔據了我相當多時間，還沒有什麼進展。那天晚上，我才從外面回來，一進門，就看到客廳裏坐着一個人，白素正在陪他講話。

白素抬起頭來：「看看是誰來了？」

那人這時也站了起來，是一個精神奕奕的青年人，他叫鮑士方，是卓長根手下兩個得力助手之一。我立時向白素望去，因為前些時，我們提及過請卓長根那方面的人，留意一下齊白的下落，我自然想到：鮑士方應白素邀請而來。

白素明白我望她一眼的意思：「鮑先生自己來的，有點事要說給我們聽。」

我走前幾步，和鮑士方握着手。

鮑士方笑着：「衛先生，你關於秦始皇陵墓的設想，真精彩。」

我搖頭：「那不是我的設想，是事實。」

鮑士方笑得相當大聲：「事實？真有人幾千年不死，成為活俑，現在還在陵墓之中？這種……事實，實在很難叫人相信。」

我沒好氣：「從來人就不相信事實，反倒相信謊言，你不信算了。」

鮑士方搔着頭：「不過卓老先生怎麼突然失蹤，突然又出現，也真是一個謎。」

我笑了起來：「你也可以運用你豐富的想像力，去作幾個設想。」

鮑士方搖頭道：「我不是這方面的專才，對了，我向你提供一個幻想故事的材料。」

我不禁皺了皺眉，我很討厭人家向我作這種提供，由於一般人認為可以作幻想故事的事，十之八九，無法應用。

鮑士方沒有留意到我的神情，興致勃勃地道：「這個故事，可以作『奇異的海市蜃樓』，十分——」

我打斷了他的話頭：「海市蜃樓，十分普遍，可供幻想的成分並不多。」

鮑士方叫了起來：「可供幻想的成分不多？你記述過，一個船長，拍攝到了海市蜃樓中一個美女的照片，從此廢寢忘食地想去尋找她的經過？」

我「哼」了一聲：「是，這件事的結果，無趣之至，現實和幻像之間的距離，竟是如此遙遠。」

鮑士方仍然十分熱中：「最近，我一連兩次，看到了海市蜃樓景象，可是奇怪的是，那是在常識中絕不應該出現海市蜃樓現象的地方。」

我笑道：「從來也沒有規定什麼地方才能出現海市蜃樓，只要是海邊和沙漠，就可以有這種現象。」

鮑士方用力一拍大腿：「我説奇異，就奇異在這裏，我是在卓老爺子當日失蹤那處附近，看到了海市蜃樓。」

我怔了一怔：「不可能吧。從來也未曾聽説過，關中地區，又有高山又不是沙漠，會有海市蜃樓出現？你多半是眼花了。」

鮑士方笑着：「人會眼花，攝影機可不會眼花。」

我「哦」地一聲：「你把景象拍下來了？」

他點了點頭，順手拿起放在茶几上的一疊相片，那疊相片是早放在那裏的，當然是他一到，就取出來給白素看過了。我瞪了白素一眼，怪她早不和我說，白素微微一笑，像是反在說我過早地武斷。

我伸手在鮑士方的手中，接過了照片，一看之下，就不禁呆了一呆。

照片是即拍即有的那一種，在照片上看來，看不出什麼名堂，照片的背景，是白茫茫一片，而在白茫茫的一片之中，又有着相當瑰麗的色彩，組成無以名之的圖案，或者說，只是由色彩組成的條紋，那情形，就有點像隨意塗抹上去的顏料。

總共十來張照片，每一張照片上的情形，都大同小異，這種情景，與其說是「海市蜃樓」，倒還不如說是南北極上空的極光來得妥貼。然而，在中國大陸的關中地區，若是有極光出現，那更加不可思議了。

我一看之下，就有怔呆之感，是因為照片上所顯示的情景，我像是相當熟悉，曾經見過，可是一時之間，卻又想不起。

我一面思索着，一面看着，心中疑惑愈來愈甚，問鮑士方：「這一片白茫茫的——」

鮑士方道：「是濃霧，很濃的濃霧之中，見到這些情景。」

我不敢太武斷，但仍然不免用充滿了疑惑的口氣問：「在濃霧之中看到海市蜃樓的景象，這好像和科學上對海市蜃樓的解釋，絕不相符。」

鮑士方道：「是啊，這才叫奇妙，不然，就是普通的情形了。」

我向白素望去，她一直沒有表示什麼意見，卻見她仍然微笑，胸有成竹，顯然她已想到了什麼，只是暫時不說出來。

鮑士方又問：「是不是很值得研究？我已經準備好了，下次再有這樣的情景出現，我就用電影攝影機，把它的過程，全都拍下來。」

我指着照片：「你是說，景象會變化？」

鮑士方道：「變得好快，如果我不是知道自己身在何處的話，我一定把它當作極光。」

我又想了一想：「這種現象，我看並非屬於海市蜃樓的範圍，看起來，和……峨眉峰頂可以看到的所謂『佛光』，倒有幾分相似。那也是由於光線的折射而形成的，多數在雲霧之中發生——」

我才講到這裏，就陡然想了起來，為什麼我一看到這些照片，就有熟悉之感。

我感到相當程度的震動，而且立時向白素望去，因為我同時想到，她一定早已想到！

我望向她，她點了點頭。

我吸了一口氣，一時之間，實在不知說什麼才好。我在一刹那間想到的是，當那次，五百人的大集會中，突然發生了意外，當濃煙罩下來的時候，我們都曾看到自那合金的小平面中射出來的光柱，在煙霧之上，形成了難以形容的形象。

這情形，和鮑士方在濃霧之中看到並拍攝下來的形象，基本上一樣！

那也就是說，鮑士方所看到的，不是極光，也不是什麼海市蜃樓，而是濃霧起了銀幕的作用，有什麼東西發出了光芒，射向濃霧所現出來的形象。

那發出光芒來的東西是什麼呢？可以是一具電影放映機，但是我更願意相信，就是那塊合金——齊白帶了那塊合金離去，而白素一直判斷齊白到秦始皇陵墓去了，那正是鮑士方看到這種形象的地方。

過了一會，我思緒才從紊亂震驚之中，解脫出來，吸了一口氣，問白素：「怎麼辦？」

白素似乎也決定不了怎麼辦，只是緩緩搖了搖頭。

這時，我們心中所猶豫的，是同一個問題：是不是要把事情的始末，告訴鮑士方？

鮑士方顯然不知道我們為什麼忽然之間，態度會變得如此神秘，所以他瞪大了眼，望着我們，也不知道說什麼才好。

我想了一想，才問他：「看到過這種奇異現象的人有多少？」

鮑士方笑道：「我沒有去查訪，但據我所知，只有我一個。」

我覺得十分訝異：「怎麼會呢？你用海市蜃樓來稱呼這種現象，它應該出現在空中，那一定是很多人可以看得到。」

鮑士方道：「兩次，我看到這種奇異景象時，都是在凌晨四時左右，霧又十分濃，我恰好在那個方位，所以可以看得到。離得稍微遠一點，可能就看不到了，而且，那時，人人都在睡覺！」

我問了一句：「你那麼早起來幹什麼？」

他嘆了一聲：「為了要使那裏的人維持普通人的工作水準，必須讓他們知道人應該怎麼工作。」

我「哦」了一聲，這個答案，有點接近滑稽，他又道：「我和一些人說起過，尤其是當地人，可是都被他們笑，他們非但從來未曾見過海市蜃樓，連聽都沒有聽說過有這麼一回事！只有一個老人家——」

他講到這裏，頓了一頓：「只有一個老人家，他的話，聽來倒有點意思。」

我和白素異口同聲問：「那老人家怎麼說？」

鮑士方學着那老人的口吻，用的居然是道地土腔：「照你這樣說，這倒有點像『天開眼』，不過一輩子撞上一次已經不得了，你倒撞上了兩次，下次再撞上，許個願，神仙會叫你如願的。」

我和白素，呆了半晌。中國各地，有着無數各種各樣有關神仙的傳說，大都極富幻想，這種傳說，也不一定是有什麼人創作的，只是在經年累月，長時間的流傳之中，逐漸豐富內容，所謂「天開眼」，也是這眾多的神仙傳說中的一個。

《天開眼》的傳說，內容大抵如下：天上的神仙，每隔一個時期（或一年，或三年，或十年，甚至更久，各地傳說不一樣），就會把天門敞開（傳說中的「天門」不知究竟是什麼樣的，反正平時是關着的，開或關的權力，控制在神仙之手。也反正決不會是一座牌坊，上書「南天門」三字），讓凡間的人，有機會可以看到。

這種神仙敞開天門的行動，就叫着「天開眼」，據説，碰上天開眼的人，立時可以向神仙提出願望，神仙就可以使願望實現。

這種傳説，由於它的普遍性，所以「天開眼」一詞也被廣泛地應用在北方的口語之中，只要天開眼，就可以如願以償，有仇報仇，有怨報怨，有恩報恩……等等。

鮑士方遇到的那個老人，用「天開眼」來形容他遇到的情形，乍一聽，很怪異，但是仔細想一想，卻又大有道理。

傳説中天開眼，照例是天上忽發異光，接着是霞光萬道（神仙和光芒分不開），也不是在一剎那間，人人都可以看得到，要有緣的才能，無緣者無由得見。往往幾千人在一起，只有一個人可以看得到，這個人福至心靈，跪地膜拜，別人還不知道他在發什麼神經哩！

這時，我所想到的，傳說的這種「神仙只渡有緣人」的說法，如果用現代一點的語言來說，那可以說成這樣：「神仙」要凡人看到他時，運用某種能量，發出信號。而這種信號，由於人腦部活動不一樣，並不是每一個人都可以接收得到的，少數人接收到了，就可以看到「神仙」，那就是有緣人。

這情形，就像性能不好的收音機，無法接收到遠處發射出來的無線電波，自然聽不到聲音，但是性能好的，自然容易接收。

人本有智、愚之分，智或愚，都由人腦部的活動來決定，也可以說，人的腦，也是生來就有性能好的與性能不好的分別！

如果循着這條路子設想下去，那麼，「神仙」是什麼呢？何以他不直截了當給人看到，而只有「有緣人」才能見到他？是不是「神仙」和凡人在溝通方面，還存在着某些連神仙也未能突破的障礙？

似乎愈想愈遠了，除非真認為鮑士方所看到的現象，就是傳說中的「天開眼」，不然，再設想下去，雖然趣味盎然，但是和整個故事，沒有關連。

當我的思緒，愈想愈遠之際，鮑士方大是興奮地問：「衛先生，這種情景，真有可能是天開眼？」

我無法作出結論來，只是緩緩搖着頭。鮑士方又道：「請原諒，我不相信那種傳說。根據你一貫的說法，如果用外星人來替代神仙，每隔一個時期，能使某幾個凡人見到他們的是外星人，而不是神仙，這倒很有意思。」

我還在玩味着他的話，白素已經道：「神仙，或外星人，只是名稱上的不同，可以二而一，一而二。」

鮑士方興致勃勃：「那樣說來，我看到的是外星人？或者是外星人想和我作溝通的一種信號？」

我仍然緩緩搖着頭：「難說得很——」

鮑士方說：「是啊，你在這裏，單聽我說，只是看看照片，很難有定論，不如你到實地去看看。你仍然可以用上次進去的身分，沒有人會知道你是什麼人。」

我聽得他這樣講，不禁怦然心動，向白素望去，白素點了點頭。我道：「好，你什麼時候走？」

鮑士方道：「明天，我替你準備，我們一起走。」

我又想了一想：「好，明天一起走。」

鮑士方十分高興，告辭離去。他走了之後，白素就道：「把這種景象和天開眼的傳說，聯繫起來，倒真是有意思。」

我又想到了一點：「那東西，我們一直假設它是一種什麼裝置的啟動器，會不會它……它是……」

由於我的設想，實在太大膽，所以我遲疑了一下。

我遲疑了一下，才說出來：「會不會它就是開啟天門的啟動器？」

白素微微震動了一下：「所謂『天門』，又是什麼？總不成是天上的一扇門？」

就像我自己在作設想時曾想到過的問題一樣，天門是什麼呢？

我想了一想：「我想，那是象徵式的，總之，通過那東西的作用，可以在天上看到神仙！」

過了一會，白素才問：「你去，準備如何行動？」

我道：「先找齊白。那種景象，十分有可能，就是他通過了那東西弄出來的。」

白素「嗯」了一聲：「我也這樣想，不過你不必和他起衝突，他想在神仙身上得什麼好處，就讓他去好了。」

我哈哈笑了起來：「自然，我又不是沒有到過神仙境地，能和你在一起，才真正是神仙。」

白素狠狠地白了我一眼，神態嬌媚如少女，看得我心情舒暢，開懷大笑。

第二天中午，鮑士方就通知我，一切都準備好了。反正他的機構，請了許多工作人員，隨便給我一個什麼名義，誰也不會多問什麼。

傍晚啟程，午夜時分，轉搭直升機去目的地，在直升機上，發現當地霧十分大，我和鮑士方在機上，我心中一動：「這架直升機，在送你到目的地之後，我要用它來找尋一個人。」

鮑士方用疑惑的神情望着我，又伸手向上指了一指：「用直升機，可以飛上去見神仙？」

我知道他誤會了，不過也懶得解釋：「當然不是，你把直升機留給我用就是了，我自己會駕駛。」

鮑士方立即答應，和正副駕駛說了，兩個駕駛員用不信任的目光打量着我，我也不去理睬他們。

把鮑士方送到了目的地，已是凌晨三時，我向鮑士方約略問了一下他發現那種奇異景象的地點，就駕着機，騰空而上。

我的目的，是想利用直升機居高臨下的優勢，把齊白找出來。

這是假定鮑士方看到的異象，是由齊白的那塊合金所發出來的，如果我也能在濃霧之中，見到這種現象，那自然再好不過，就算看不到，那塊合金會在人腦活動的影響下發出光芒，在空中尋找，自然也要容易得多。我駕着直升機，飛了半小時左右，已遠離建築工地。我知道，下面的大地，不知多少厚的黃土之下，就覆蓋着神秘莫測的秦始皇陵墓。一切不可解的現象，從那裏來的一塊合金開始。

霧看來極濃，不過，在一片漆黑之中，霧濃或淡，都無關重要，反正是什麼也看不見。

我盡量把直升機的高度降低，這一帶全是平地和草原，低飛並不影響安全。我先是選定了一個目標，然後兜着圈，令圈子漸漸擴大。

約莫一小時，我看到了前面，在黑暗之中，有光芒閃耀着，看起來，是模模糊糊的一點。

漆黑的環境有一個好處：只要一點微弱的光芒，就可以看得見。

我不能斷定那一點光芒是什麼，可能是牧羊人帳幕中的一盞油燈，也可能是一個趕夜路的人手中的電筒。當然我心中希望那是齊白的那塊合金。

我飛過去，看到那光芒一直在閃動着，但是到了直升機最接近的時候，光芒卻突然消失，如果光芒一直持續着，我還不會這樣興奮，如今光芒突然消失，卻使我大是高興。

因為，那光亮，若是齊白弄出來的話，自然怕人發現，所以光芒才會消失。我假定齊白就在那點光亮處，為了不驚動他（這傢伙，機靈得像野兔），我先駕着直升機飛了開去，才降落。

然後，我根據記憶向前走。

在這裏，我犯了一個估計上的錯誤，直升機飛開去只不過四五分鐘，可是距離卻已經相當遠，要步行回去，得花一小時以上。

霧在天快亮的時候更濃，露珠沾在頭髮上，衣襟上，全變成了一小滴一小滴的水珠，而且是很快就令得衣服透濕，十分不舒服。

我在考慮着，是不是要用別的方法去接近，例如逕自在那光芒附近降落。但當我想到這一點時，向前走和向後走，都差不多路程了。

於是，我繼續向前走着，沒多久，太陽升起，濃霧迅速消散。一大團一大團的濃霧，宛如萬千重輕紗，被一雙無形的大手，迅速一層層揭開，蔚為奇觀。

太陽的萬道金光，照耀大地，霧已經完全沒有了，濕透了的衣服，也漸漸變乾，我也看到了在前面，一個小土丘上，有一群羊，正在低頭啃着草，一個牧羊人，抱住了一隻看來像是患了病的羊，在拍打着。

在小土丘上，有一個帳幕，帳幕本來是什麼顏色的，已不復可尋，事實上，如今是什麼顏色的，也難以形容，總之十分骯髒。

那牧羊人也看到了我，用疑惑的神情望定了我，我逕自向他走過去，看到他至少已有六十上下年紀，滿面全是皺紋，一副飽經風霜的樣子。

我和牧羊人打了一個招呼，他點了點頭，嗓子沙啞：「工地上的？」我點了點頭，向他身邊的帳幕打量了一下，看到有一盞馬燈，掛在外面。我不禁苦笑了一下，若是我看到的光芒，就是這一盞馬燈發出來的，那才真是冤枉，在這樣的濃霧之中，走了一小時路，絕不愉快。

我遲疑了一下，問：「老大爺，你常在這裏放羊？」

那牧羊人一口土腔：「也不一定，哪裏合適，就往哪兒擱。」

我又問：「你有沒有見過一個人……」我把齊白的樣子，形容了一下：「他可能在這一帶出現。」

牧羊人一面聽，一面搖頭，我又道：「你有沒有見過，在濃霧裏，有很美麗耀目的光彩顯出來？」

牧羊人仍然搖頭，反問我：「你是調查的？那……你要找的人，是壞分子？」

我沒有回答這問題，搖着頭，轉過身，準備走回直升機去，先回到工地，休息一下再說。可是就在我一轉身之際，我先是陡然一怔，我忍不住哈哈大笑了起來，一面轉過身來，指着那牧羊人：「齊白，你的演技，可以把任何人騙過去，可是騙不過我。」

牧羊人陡然一怔：「你說什麼？」

我嘆了一聲：「別再裝下去了，我已經拆穿了你的把戲，恭喜你又有了新的成就，放心，我絕不會沾你半分寶氣，只是想來幫助你。」

牧羊人呆了半晌，才嘆了一口氣，恢復了齊白的聲音：「我真服了你，你是怎麼看出來的？任何人，沒有懷疑過我。」

我笑着：「總之有破綻就是了，先不告訴你，齊白，你真是太不夠意思了。」

齊白鬼鬼祟祟，壓低了聲音，雖然可能在十公里之外，一個人也沒有，他走前了幾步，指着插着一根樹枝的地方：「看。」

我循他所指看去，看到那樹枝，插在一個小洞上，那洞，不會比高爾夫球場上的洞更大。他道：「就是從這裏打下去，到那個墓室的。」

我問：「有沒有再發現什麼？」

齊白十分懊喪地道：「我第一次下手時太大意了，把一些可以取到的東西，弄到了地上，在石桌之下，沒有法子弄得上來，可是，我可以肯定，下面還有寶物，和我的異寶有感應。」

我笑了起來：「是啊，傳說中很多寶物是分雌雄陰陽的，你到手的異寶，可能只是一對中的一個。」

齊白瞪了我一眼，嘆了一聲：「進帳幕來坐坐再說，你來了也好，一個人，真寂寞，不知道有多少話，只好自己對自己說。」我彎腰，進了他的帳幕，他的喬裝徹底之極，帳幕之內，就是那麼髒亂，而且充滿了羊羶氣。

一進去，齊白先嘆了一聲，望着我：「你們不能怪我，因為我實在太緊張，這寶物……寶物……。」

我向他揚了揚手，示意他不必說下去，我可以體諒他的心情，但是我還是說了一句：「以後你若再見到陳長青，最好小心一點。」

齊白苦笑着，我把話題帶到正事上：「到這裏來之後，又有什麼新的進展？」

齊白抿着嘴，想了一會：「本來，我想在墓室中再弄點什麼出來的，可是沒有可能，我就一個人集中意志力，用我的腦能量去影響它，開始，並沒有什麼新的發現，有一次，偶然地，我把寶物放在那個洞口，那是我用『探驪得珠法』打出來的，直通墓穴之中，就……就……」

我忙道：「就怎麼了？」

齊白吸了一口氣：「很難形容——」

他說到這裏，探頭向帳幕之後，鬼頭鬼腦，張望了一會，才道：「很難說，白天……怕被人發現，晚上你再來，我們一起試驗。」

我瞅着他，似笑非笑地道：「你又想開溜？」

齊白現出了一副十分冤枉的樣子來：「我可以把寶物交給你。」

我也不知為什麼，只是一種突如其來的感覺，而在這種感覺之下，我自然而然，指着帳幕一角，一隻看來十分破舊的茶壺：「好，那就拿出來給我。」

我這樣說，連我自己也不禁有點訝然，齊白更是直跳了起來，望着我，神情如見鬼魅：「你……你怎麼知道我……把異寶……放在那茶壺之中？」

我道：「我不知道。」

我這樣的回答，自然不合情理之極，但當時除了這樣的回答，沒有別的話可說，因為我確然不知道齊白把異寶藏在什麼地方。

但是，我剛才，卻又自然而然向那柄破茶壺指了一指，指出了他藏寶的所在。這一切，都不是由於我「知道」，而只是由於我陡然有了感覺，感到異寶是在那柄破茶壺中。這種感覺，就像是上次我在機場時，感到異寶是在那個人的身上一樣。

我講了一句「不知道」，齊白惘然，我已經又想了不少，所以，我接着，又向那柄破茶壺指了一指：「它告訴我的，我想，它告訴我它在什麼地方。」

剎那之間，齊白的臉色，真是難看到了極點，他臉色刷白，額上青筋暴綻，一面瞪着我，一面又指着我，厲聲道：「衛斯理，有一件事我們要弄清楚——」

我本來還想開開他的玩笑，逗一逗他，可是看這情景，這玩笑是不能開的了，再逗下去，可能會弄出人命大案來。

第八部

# 腦能量大放異彩

所以，不等齊白說完，我立即十分認真地接上去：「再清楚也沒有，異寶是你的。」

他聽得我這樣說，還是蹙了片刻，才長長吁了一口氣，神情也緩和了許多，隔了一會，才道：「真奇怪，你對寶物……的感應，好像還在我之上。」

我自己也有點犯疑，我道：「看來是，或許，那是我腦部活動所產生的能量，比尋常人，比你，幅度更來得強烈。人體質不同，每一個人的腦功能，並不一樣，有的功能極強，有的較弱。」

齊白遲疑着道：「怎麼會呢？我們不是在一起試驗過嗎？」

我道：「進一步思索的結果，白素認為有可能我和你們一起集中力量思索，我發出的腦能量，反而受到你們的干擾而削弱。卓絲卡娃也認為我的腦能量，可能高出常人許多。」

齊白抿了一回嘴，不出聲，然後，才看來不是十分太情願地走過去，揭開那柄破茶壺的蓋，倒出了那件異寶，我忍不住脫口道：「老朋友，別來無恙否？」

那塊合金自然不會回答我，齊白卻又瞪了我一眼，像是我一直在侵犯他的權益。這也難怪他，異寶是他千辛萬苦弄到手的，現在，看情勢，我和異寶之間的關係，比他還要好，那就像自己的女朋友，反去向別的男士獻殷勤一樣，任何人心裏都難免不高興。

他又遲疑了一下，才把異寶交在我的手中，我看到他這樣子，索性大方些，把異寶放在手中捏了一下，還給他：「不必抵押了，我相信你。齊白，真的，晚上，我來作試驗，一定會有新的突破，而且，還有一些奇異的現象，我和你說說。」

我的說話十分誠懇，最主要的，自然還是我肯把異寶還給他，這使他十分感激，忙道：「是啊，你為什麼來的。」

我笑道：「還不是給你弄出來的奇景引來的？」

齊白大是愕然：「弄出了奇景？」

看他的樣子，他不像是假裝的，但這也真令人驚訝，連鮑士方都看到了那種奇景，難道齊白反而看不到？又難道那種奇景，不是他弄出來的？

看他愕然的情形，我把鮑士方看到的情景，和我們在煙幕中看到相類似等經過，對他說了一遍。齊白的神情沮喪之極：「我……為什麼沒有看到？那種異彩，一定是寶物放出來的，可是我……為什麼沒有看到？」

我想到了一些古老的傳說，可是怕刺激齊白，所以沒有說出來。

誰知道齊白反倒說了出來：「中國的許多傳說中……有慧眼的人隔老遠就能看到什麼深山之中，寶氣上騰，那地方就一定有着奇珍異寶。或者是和寶物有緣的人，寶物也會放出光芒來讓他看到，是不是我……既沒有慧眼，也沒有緣？」他在這樣說的時候，神情沮喪之極。我安慰他道：「不會吧，連攝影機都拍下來了，你當時或許太全神貫注，只是望着那東西，沒有抬頭看，自然看不到你頭上出現的奇景。」

我也知道自己這樣的解釋，相當勉強，齊白苦笑了一下：「所謂慧眼，或是有緣，衛斯理，我想就是人腦的感應力量，像你可以感到我把東西藏在哪裏，寶物發出的信號，能接收到的，自然就變成有緣或是有慧眼。」

我也作過同樣的假設，但是攝影機拍攝到了，他實在是沒有理由看不到的，若說是那東西故意不讓他看到，那更說不過去，我想了一想，也不敢說出來，怕他聽了會傷心欲絕。

他又呆呆想了一會：「放出那麼大片的異彩，那表示什麼？」

我道：「難說得很，或者，是它試圖組成一個什麼形象給我們看，可是由於它接受的腦能量不夠，所以無法組成畫面，只是一團凌亂的色彩，這情形，就像是電視機在接收不良的情形下，現不出正常的畫面來一樣。」

齊白突然緊張了起來，伸手抓住了我的手臂：「如果能量足夠，它會給我們看到什麼？」

我也受了影響，也變得有點緊張：「誰知道，或許我們可以看到外星人來到地球的全部過程。」

齊白深深地吸了一口氣：「天一黑，你就得來，不能不來。」

我笑了起來：「我還怕你又逃走呢。」

他有點靦腆地笑了一下，陪着我一起走出了帳幕，忽然問：「我的一切明明天衣無縫，你怎麼一下子就知道我是假冒的，也是……也是……它告訴你的？」

我忙道：「不，不。」

我一面說，一面指着地上燒剩了的一堆篝火：「這叫你現了原形，當地牧羊人，土語叫攔羊人，燒篝火有一種特殊的堆枯枝的手法，和你堆疊的方法，完全不一樣，所以一看便知。」

齊白伸手在自己頭上，重重打了一下：「真是，百密一疏，再也想不到在這上頭出了漏子。」

他講話還在學着當地的土腔，我不禁笑了起來。和他告別，我向直升機走去，一面走，一面在想着齊白的問題：那東西會給我們看到什麼景象？

來到了直升機旁，有幾個牧羊人好奇地圍在機旁，看到我走了過來，就不斷向我問長問短。

我一面回答他們的問題，一面反問他們：「這幾天，是不是天天起大霧？」

其中一個道：「是啊，夏天的霧，中夜就起，愈近天亮愈濃，日頭一出，也就散了，只要第二天是好天，夜來一準起霧。」

我抬頭看了看，滿天碧藍，萬里無雲，今天晚上再起霧，一定沒有問題。

在閒談中，我不便明問，只是一再把話題引向鮑士方看到的奇異景象方面去，可是這些牧羊人，分明沒有見到過這種異景，不然，在我的誘引之下，他們早已講出來了。他們還告訴我，霧濃的時候，怕羊群走失，所以都把羊攔在圈子裏，牧羊人自然不會到處亂走。

我告訴了他們，直升機起飛的時候，會發出很大的聲響和強風，最好把羊群趕開去，他們立時揚起鞭子來，吆喝着，趕着羊群離開。

等他們離開了有一段距離，我才駕機飛向天空，在上面看下來，還可以看到他們一個個抬高頭，在看着直升機。

我心中想，對這些一輩子只在這一區域中牧羊的人說來，直升機自然新奇，在他們的心目中，一個直升機的駕駛員，和一個駕着太空船來到地球的外星人，只怕也沒有什麼分別。

直升機在工地降落，鮑士方已替我準備了相當舒適的休息地方，只是工地上各種各樣的聲音，匯集成了十分驚人的噪音，若不是真正疲倦，根本沒有法子睡得着。

鮑士方忙得不可開交，幾乎大大小小的事，都要來找他，他和我只不過說了幾分鐘的話，已至少有七八個人在房間外面，探頭探腦找他有事商量，我令他自己去忙自己的，好好地洗了一個澡，躺了下來，居然睡了三個小時之久。

我在等着天黑，一面等，一面到處溜達着，東看看，西看看，又向鮑士方要了一輛吉普車，而把直升機，還了給他。等到太陽偏西，我就帶了酒和食物出發，一直向前駛去，天色很快黑了下來，駛離工地沒有多遠，已是人煙稀少，再向前駛去，在暮色蒼茫之中，簡直有天地間只有我一人一車的感覺。

天還未黑透，我就來到了那個小土丘上，齊白十分高興地迎了上來，帶着我，來到他打出來的那個小孔之旁：「怕我干擾你的腦能量？我是不是遠遠避開去？」

我笑道：「當然不必，你只要不集中精神去想就可以了。」他把那東西取出來，鄭而重之地放在那個小洞旁，把插在小洞口的樹枝取走。這時的情形，真有點像一隻高爾夫球在洞邊，只要輕輕一撥，就會跌進洞去。齊白道：「那次，我就是把它放在洞口，然後集中精神的。」我吸了一口氣，這時，天色雖然已經相當黑了，但是還沒有起霧。齊白後退了幾步，坐了下來，我盯着那東西，集中精神，這次所想的，不是想它發光，而是想它和下面墓室中的東西有聯繫。

開始的時候，什麼反應也沒有，天上星光稀疏，下弦月還未升起，天色相當黑，約莫在十多分鐘之後，齊白「啊」地一聲：「你比我快多了，看那小洞！」

我向他作了一個手勢，示意他不要打擾我，這時，我也看到了，在那個小洞之中，有一股暗紅色的光芒透出來，一閃一閃的，像是下面有一個火把在搖晃着。

我更使我精神集中。

我不斷在想：「寶物啊寶物，要是你和下面的東西，有什麼聯繫，就請盡量發揮你的力量！」

又過了十分鐘，自小洞中射出來的光芒，漸漸加強，在黑暗中看起來，簡直像是在地上，放着一隻手電筒，當然，光芒還是不如電源充足的手電筒那麼強，而是帶着一種暗紅色。

雖然有光芒自那個小洞中透出來，可是絕對無法弄明白在下面發光的是什麼東西，那個小洞的深度超過三十公尺，無法看到下面有什麼。

齊白一直在喃喃地道：「天！下面不知還有多少異寶，不知還有多少異寶！」

他對盜墓有狂熱，明知下面墓穴之中，不知有多少異寶在，而又無法到手，那種抓耳撓腮的神情，看起來也相當可憐。

奇的是，小洞中有光芒射上來（那自然是在墓室中，有什麼東西在發光的緣故），而在洞口的那塊合金，卻並沒有什麼光芒。

我作了一個設想：在那墓室之中，還有着一塊或一塊以上，和眼前這塊合金相類的東西，它們在發光，而光芒從那小洞之中，射了出來。

雖然這又是一個新的發現，但是對揭開整個謎，卻一點用處也沒有，而齊白又在一旁，不斷喃喃自語，這令得我不禁焦躁起來，轉過身向他喝道：「你靜一靜好不好？」

齊白正在失魂落魄，給我大聲一喝，陡然住了口，由於這一分神，自小孔中射出來的光柱，倏然暗了下來，一下子就消失了！

這種現象，強而有力地說明了，一切現象，真由我發出的腦能量所控制！

齊白定過了神來：「你的力量……真比我強得多，我只不過可以令那小洞中，發出一點點光芒，像是螢火一樣閃耀，而你竟可以令之發出光柱。」

我問：「你和陳長青商量着要帶最新型的儀器，有沒有帶來？」

齊白搖了搖頭。

我悶哼了一聲，心想如果有完善的設備，由齊白打出來的那個小洞縋下去，可以看清楚墓室中的情形，至少，可以看清楚發出光芒的是什麼東西，而墓室中有了光，自然也會照亮別的東西。

我在考慮，是不是要通知白素，請她準備必要的設備，正在想着，吉普車上的通訊設備，忽然發出了「吱吱」的聲響。

鮑士方把他自己用的那輛吉普車給了我，所以車上的無線電通訊設備，十分先進。我聽到了聲響，走進車子去，按下了通話掣，我以為是鮑士方有什麼事要找我，再也料不到一按下了通話掣，就聽到了陳長青的聲音，我才「喂」

了一聲，他就在那裏大叫大嚷起來：「衛斯理，你算是夠意思的了，一聲不響就走，學那鑽古墳的傢伙。」

我真是又驚又喜：「你在哪裏？」

陳長青道：「我在鮑先生的辦公室，告訴你，我帶了許多有用的東西來——」

我更是驚喜交集，打斷了他話頭：「你所謂有用的東西是什麼？」

陳長青的聲音之中，透着一種洋洋自得：「不能一一細說，總之，是通過一個小孔，可以看到小孔之下一切的設備——」

我高興得一時之間說不出話來，陳長青又道：「就算找不到那該死的盜墓人，只要找到他上次打出來的那個小洞，我們就能看清那個墓室中的情形，雖然不會什麼探驪得珠法，可是還有用得多。」

我先不告訴他，我早已找到齊白了，我只是悶哼一聲：「你以為在至少一百平方公里的範圍之內，找一個乒乓球大小的小洞，是一件容易的事情？」

陳長青一聽，就像是氣球一下子泄了氣一樣，我甚至還可以聽到那種「泄氣」的聲音——這自然是他在長長吁着氣。接着，他的聲音變得無精打采了：「慢慢找，總有……希望的。」

他在這樣講的時候，根本連他自己也不相信這種「希望」，真要是在一百平方公里的範圍內，去找一個小洞的話，只怕一千年也找不出來。我哈哈大笑了起來：「不必找，我已經見到齊白了，而且，現在正在那小洞旁邊，更而且，我正想要一些可以透過小洞觀察下面墓室的儀器。」

陳長青呆了半晌，才道：「你……騙我的。」

我又好氣又好笑：「騙你幹什麼？你是自己駕車來，還是我來接你？大約一小時路程——」

陳長青忙説道：「我自己駕車來——」

這時，齊白也來到了車邊，聽得陳長青來了，他的神情很尷尬。

我道：「好，反正沒有路，你認定方向，向西走，我估時間差不多了，開亮車頭燈，你向着有光亮的地方駛來就是了。」

陳長青連聲答應：「那些儀器，搬上車，也很需要一些時間，我出發之後，一直和你聯絡好了。」

我答應着，陳長青忽然在停了一停之後，大聲道：「該死的盜墓人，你好。」

齊白的神情更尷尬，但是他也大聲答着：「死不了。」

陳長青又叫嚷着：「還逃不逃！」

齊白苦笑：「愛逃就逃，不愛逃就不逃。」

我知道，他們兩人一拌上嘴，不是三言兩語可以完的，所以立時道：「你儘快來，要趕在下霧之前。」

說完之後，我又扳回了通話製：「齊白，你看，今晚我們至少可以弄清下面墓室中的情形了。」

齊白也顯得更興奮，忽然他跳了起來，向那小洞奔去，一面奔，一面叫：「我的寶物。」

他奔到小洞旁，拾起了那塊合金來，喘着氣，嚇得臉也白了，望着我道：「真險，要是一陣風來，把它吹得滾進洞去，那再也弄不出來了。」

那塊合金，剛才就在那小孔之旁，碰一碰都有可能掉進去，所以我也不禁「吁」了一聲：「還可以用你那法子弄出來吧？」

齊白道：「要是落在桌面上，還可以，若是到桌子下面去，那就沒有辦法了。」

他緊握着那塊合金，生怕它會從他的手中蹦跳出來。

我道：「趁陳長青還沒來，讓我再來試試，我一個人的力量，能使它發光到什麼程度。」

齊白有點無可奈何地把那合金放在地上，他又走開了幾步，我道：「你到車子旁邊去，陳長青會隨時和我們聯絡。」

他又不情不願地走了開去，我專心一致，盯着那塊合金，不一會，它就發出了暗紅色，不到半小時，它發出的光芒，已經和那次五百人的大聚會不相上下了，自它的幾十個小平面，都有色彩不同的光柱射出來，而且愈來愈強烈。齊白在車邊，離我少說也有十來步，但是在黑暗之中，他當然可以看到那一團絢麗的光彩，我甚至可以聽到他發出的讚歎聲。

我繼續全神貫注，光芒也在漸漸加強，我能發出比普通人強烈的腦能量，而腦能量之間，會發生互相干涉的現象，因之削弱，這一點假設，也得到了證實。光柱射出了三十公分之後，就開始擴散，一直沒入了黑暗，變得十分淡，如果不用心，就看不出來。

我繼續集中精神，但是發光現象，卻沒有什麼再進展。這時，大約已過了一小時左右，我吁了一口氣，站了起來，陳長青才和齊白聯絡過，齊白也着亮了車頭燈，指引陳長青向我們這裏駛來。我來到齊白的身邊，把那塊合金，交到了他的手中，他有點傷感地道：「我真有點懷疑，這是我的寶物，還是你的。」

我拍了拍齊白他的肩頭：「是你發現的，當然是你的。」

齊白嘆了一聲：「可惜這寶物上沒有什麼偈言什麼留着，不然，一詳參，就可以知道誰是有緣人。」

我笑了起來：「你看神怪劍仙小說看得太多了。」

他又嘆了一聲，這時，已隱約可以看到有亮光閃動，迅速向我們移近，不一會，又聽到了汽車駛來的聲音，五分鐘之後，陳長青已駕着吉普車來了。

陳長青一躍下車，先向齊白狠狠瞪了一眼，然後又揮了揮手，表示一切都算了，齊白卻還在不服氣地翻着眼。

陳長青道：「快來搬東西吧。」

他帶來的東西真不少，裝了好幾箱，我們三個人一起動手，把東西搬下來，打開箱子，安裝起來，趁這時候，我把新發生的情形，對陳長青說着。陳長青有點不服：「或許我的腦能量更強，等一會，讓我一個人試試。」

三個人，花了不到半小時的時間，就把應用的一切設備弄妥了，這包括一具微型電視攝像器，用電線縋下去，一端有小巧的支架，可以通過無線電遙控而轉動，還有一具電視接收儀，熒光屏是經過特殊設計的，可以使畫面特別清晰。

駁上了車上的電源，先試了一試，攝像管對準了地面和人，熒光屏上顯示出來的畫面，果然十分清晰。陳長青對我道：「雖然有紅外線裝置，但總不如墓室中有光的好，你發動能源吧。」

我性急：「那又得半小時左右，先利用紅外線攝影來看看。」

陳長青其實已和我一樣心急，所以立時同意，把攝像管自那小孔之中，縋了下去，齊白記着深度，到了三十公尺左右，他一叫停就停止。

我們三人都十分緊張，盯着熒光屏，上面出現的畫面，和齊白拍到過的照片，是一樣的，那都是我們曾經看到過的，十分熟悉，而且，架子上究竟有點什麼東西，也看不清楚。

看了片刻，不得要領，陳長青嘆了一聲：「只好看你的本領了。」

齊白一直把那塊合金握在手中，這時，他把它放到了那個小孔上，我開始集中精神，可是我一面又要注視熒光屏，所以無法真正集中精神，過了半小時，熒光屏並沒有顯示任何不同。

陳長青着急起來：「衛斯理，你管你集中力量，別老顧着看，我這套設備可以立時錄影，我們看到的情景，你也一樣可以看到，只不過遲一點而已。」

我聽得他這樣說，索性走前幾步，背對着熒光屏，再開始集中精神，漸漸地，我真的做到了全神貫注的地步，也看到那小洞中，開始有光芒射出來。

不到半小時，光芒已經相當強烈，形成了一股光柱！

陳長青和齊白兩人，一點聲音也沒有發出，這更使我可以全神貫注，又過了半小時，光柱的光芒未曾再加強，我一個動念間，想到他們兩人，在這樣的光度下，應該已可以把下面墓室中的情形，看得清清楚楚了，下面不知有什麼奇特的情景？

雜念一生，自然無法再集中精神，光柱也迅速暗了下來，我轉過去，道：「你們——」

我本來想問：「你們看到了一些什麼？」的，可是才說了兩個字，我看到了齊白和陳長青的樣子，就陡然呆住了，再也說不下去。

他們兩人的神情相同，雙眼和嘴巴，都張得老大，盯住熒光屏，像是泥塑木雕，一動不動，而自他們張大了的雙眼之中，現出了訝異莫名的神情，這說明他們剛才看到的情景，一定怪異之極，我略頓了一頓，一躍向前，疾聲問：「你們看到了什麼？」

他們兩人，如夢初醒一般，喉際一起發出一種異樣的「咯咯」聲，顯然他們想講些什麼，可是由於過度的震驚，卻發不出聲音。

我在問他們的同時，自然也已向熒光屏望了過去，但這時，光亮消失，在熒光屏上所能看到的，仍然只是模模糊糊的一片。

我用力一推陳長青：「怎麼啦，你們。」

陳長青這才緩過氣來，先是大大吞了一口口水，然後按下了幾個掣鈕，再然後，就用一種聽來十分怪異的聲調道：「你自己看吧。」

齊白像是應聲蟲一樣，也道：「你自己看吧。」

這時，倒轉錄影帶的程序，已經完成，陳長青又按下了另一個掣鈕，他和齊白都退了兩步，把正對着熒光屏的位置，讓給了我。

我心知他們剛才看到的景象，一定奇特之極，所以不敢怠慢，全神貫注。在開始的時候，畫面並沒有什麼變化，我有點不耐煩，陳長青在我身後道：「別心急，就快有光亮了。」

果然，在他講了之後不多久，就看到有光亮，自那張石桌之下，發了出來，看起來暗紅色的，和那塊合金發出來的光芒差不多。漸漸，光亮愈來愈盛，雖然是在桌子下發出來的，但是也可以看出，發光體有好幾個，這和我的設想符合，桌面上，本來有好幾個同樣的合金，齊白只弄上來了一個，其餘的，都被他撥到地下，滾到了桌子下面。

這時，攝像管對準了那張桌子，光亮漸漸加強，桌面上的情形，可以看得相當清楚，我不由自主吸了一口氣，那桌子的桌面上，有着整齊的，一排一排的按鈕，而且，那也不是石頭桌子，有灰白色的金屬光芒，桌上的按鈕，至少超過一百個，有着各種不同的顏色。

或者，我不應該説那一排一排的是按鈕，因為事實上，它們並不凸出於桌面，只是一個個顏色不同的小方格，但那當然是和按鈕有同樣作用的裝置，這種「輕觸式按鈕」，在日常生活用品中也可以見得到，並不陌生。

一張桌子有上百個輕觸式的按鈕，這毫無疑問是一個控制台。

即使是一個控制台，也不算什麼奇特，比它更複雜的控制台有的是，可是想想看，一座控制台，在秦始皇陵墓之中！

這實在無法不令人震驚，我也不由自主張大了口，合不攏來。

陳長青帶來的設備，當真十分精良，攝像管在自動調節着焦距，而這時，自桌下發出來的光芒更強，也可以看得更清楚。

當焦距自動調節到最近時，看到的是四個顏色不同的「輕觸式按鈕」，每一個按鈕之上，還有着不同的符號，那是一種十分簡單的圖形，可是我卻無法知道這種簡單的符號，代表着什麼。

我吁口氣道：「這是控制台。」

攝像管在作有限度的移動，我又看到了，在桌子的中心部分，有一些十分奇特的現象，那部分的桌面上，有着七個凹槽，看起來不規則的，在凹槽中，有不少小小的平面，有的作三角形，有的是方形，也有五角形和六角形。

如果單是看到這些凹槽，自然不知道那有什麼特別的作用。

可是這些日子來，我們對那「異寶」，已經絕不陌生，它的形狀，有許多平面，都和桌上的凹槽，十分吻合，所以，一看就可以知道，那塊合金，一定可以天衣無縫地嵌進這七個凹槽之中的一個內。

而且，我也看過齊白在未將那合金取出來之前拍的照片。

照片自然沒有那麼清楚，但也可以看到原來，桌面上有七個大小相同的東西，那自然是本來有七塊同樣的合金，一齊嵌在凹槽之中，被齊白亂七八糟一搞，六塊跌到了桌下，一塊被他弄到了手。

我早就假設過那合金是一個啟動器，看起來，它果然是：在那七個凹槽之下，有着同樣的符號，那是一個長方形，長方形我是看得懂的，但代表着什麼意思，我卻無法明白。齊白陡在叫了起來：「我早就説過，整個地下宮殿，是外星人在地球上的基地。」的確，齊白在第一次來找我的時候，就已經這樣説過，當時只是一種大膽假設，但現在看來，他的假設，接近事實。

這樣的裝置，自然不是當時的地球人所能做得到，那麼，整個秦始皇陵墓，是外星人建造起來的一個地下基地，還有什麼疑問？

我不自主，呼吸有點急促，這時，攝像管開始轉動，熒光屏上的景象也開始轉移，轉到了那些「架子」上，在相當明亮的光線下，可以看得清清楚楚，是十分精密的科學裝置，有儀錶，有大大小小不同的熒光屏，有許許多多聯結着的金屬線，還有許多我根本認不出來的裝置。

我的聲音有點乾澀：「天，我們在窺看的是……人類有史以來最大的秘密。這……整個墓室……是一個……偉大得難以想像的操作裝置。」齊白和陳長青發出如同呻吟一般的聲音，他們自然同意了我的説法。

攝像管繼續轉動着，在那「墓室」中，三面全是類似的裝置，只有一面，是一片灰白色，看起來，像是一幅相當大的熒幕，但上面沒有任何畫面。

由於當時，我集中精神，使下面發出光芒的時間相當長，約有半小時，所以，攝像管的轉動，重複了三次，把下面的一切，都看得清清楚楚。愈看，愈是令人覺得處在一種絕對無可捉摸的幻景中，思緒變得空洞，除了一個問題之外，什麼都不能想。

這個問題是：「怎麼會這樣，怎麼會這樣？」

就在思緒混混沌沌之際，光亮消失，畫面又回復了一片模糊。

而我這時候的神情，多半也如同我剛才回頭看到齊白和陳長青的神情一樣，眼睜得老大，口張得老大，整個人如同泥塑木雕。

過了好一會，我才轉過身，向齊白和陳長青望去，兩個人爭着要開口，我一揮手：「先別亂發表意見，好好想一想再說。」

齊白道：「不必想什麼了，這下面，是一個外星人的基地。」

我嘆了一聲：「如果是的話，為什麼又荒置了，下面顯然沒有外星人。」

陳長青指着我，神情顯得十分古怪：「你……你見過的那些人，卓長根的父親……他們就是。」

我用力搖着頭：「他們不是，我寧願相信他們是活俑，是冬眠人，是秦朝時代的人，我和他們接觸過，絕不以為他們有足夠的知識，認識這下面的裝置。」

齊白堅持他的看法（在如今這樣的情形下，他有理由這樣做，他的看法難以反駁）：「當然是基地，外星人來了，又走了，還會再來。」

陳長青深深吸着氣，我道：「還記得我們曾設想那異寶是一個啟動裝置？」

齊白和陳長青一起向我望來，我揮着手，一時之間，還沒有什麼確切的概念，我又把錄影帶倒捲回去，然後又放映，到了顯示桌面上有七個凹槽時，我按下了暫停掣。

指着熒光屏，我道：「本來，這樣的啟動器有七個，齊白不清楚情形，把其中六個弄到了桌子下面，再也弄不上來了！」

陳長青立時向齊白瞪了一眼，齊白講了一句粗話：「哼，沒有我，你們怎麼也想不到這裏有那麼奇妙的裝置！」

這時，陳長青也想到我想的了，他「啊」地一聲：「我們手裏還有一個啟動器，將它裝進去，利用腦能量，可以啟動……下面的裝置！」

他的話才一出口，齊白已陡然叫了起來：「你說什麼？你放什麼屁？」

陳長青指着齊白手中的東西：「把那東西放到凹槽中去，由衛斯理的腦能量，來發動下面的裝置！」

陳長青的話，正是我想要說的，齊白的臉色，難看到了極點。陳長青卻不理這個，挑戰似地道：「你沒有本事把它放進去？你那個什麼探驪得珠法呢？」

齊白厲聲道：「我當然有辦法把它放進去！」

陳長青盯着他：「那你怕什麼？怕取不回來？」

齊白想道：「它本來就是在桌子上，是我取出來的！」

陳長青攤了攤手：「那我實在看不出你有什麼理由要反對！」

齊白反對，道理當然簡單之極，他怕異寶失落在下面，再也得不回來！但是他剛才既然說了滿話，一時之間，難以轉彎，他只好把話題岔開去：「就算能發動下面的裝置，又能得到什麼？」

陳長青道：「總可以有新的發現，比只是發點光好，這東西，你稱之為異寶，但若只是能發光的話，有什麼用？一隻電燈泡，發出的光，比它強得多了！」

齊白怒道：「你根本說不出來，就算放它在凹槽之中，會有什麼發生！」

他們兩人爭執，我迅速地轉着念，這時，我已經有了一定的概念，我道：「先別吵，你們注意到凹槽下的那個長方形的圖記沒有？」

他們兩人一起點頭，我又道：「假定這圖記，是表示那合金放進去之後的功能的，長方形，代表了什麼？」

齊白和陳長青翻着眼，答不上來，我按動鈕掣，使熒光屏上的畫面，迅速來到下面墓室之中，沒有裝置的那一面，那一面，有長方形的，灰白色的，看來如同熒幕一樣的東西。我吸了一口氣：「我認為，這是說，把啟動器放進凹槽之中，熒幕上就會有東西顯示出來。」

陳長青立時同意了我的看法，大叫一聲，十分興奮地跳了起來。

齊白卻又後退了幾步，大搖其頭。

我道：「就算不是，你也沒有損失，只不過麻煩一點，還是可以把它弄出來。」

齊白終於承認：「我上次弄它出來的時候，成功率只是七分之一，我可不想冒這個險。」

陳長青不屑地撇了撇嘴，齊白又道：「看，已經起霧了，或許根本不必放下去，它發出的光芒，在濃霧之中，就能集結出形象，鮑士方就曾看到過，而且，還拍了照，當然應該先試一試。」

我點頭：「好，如果再沒有結果，陳長青說得對，這東西的價值，還比不上電燈泡。」

齊白深深吸一口氣，一咬牙：「好，再沒有結果，就依你們。」

陳長青十分高興。齊白剛才說已經起霧了，幾句話功夫，霧凝聚得真快，鋪天蓋地，無聲無息地展鋪，我們向四面一看，四周圍已經是白茫茫的一片，而且，還在極快地變濃，在我們三人之間，也已經有紗一樣的霧在旋轉繚繞。

# 第九部

# 十二金人的投影

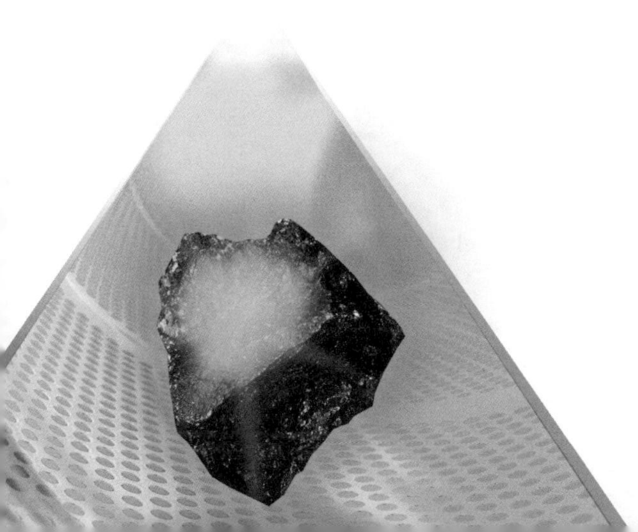

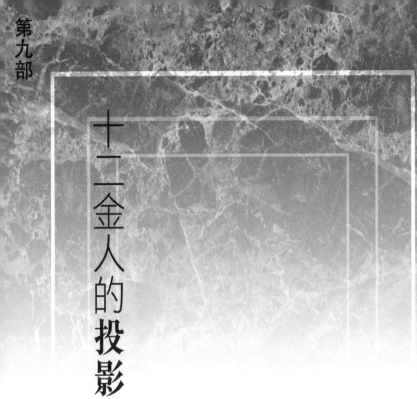

陳長青熄了電視，示意齊白把那合金交給我，齊白着實猶豫了一陣，才將之交給我。

我就把那合金放在地上，陳長青和齊白都退了開去，他們自然不會退出很遠，但只退出了幾步，濃霧已把他們掩遮，看不見他們了。

我開始集中精神，那合金很快就發出了光芒，光芒自每一個小平面中，射了出來，交織成一片，等到光芒愈來愈甚，射了出去，在濃霧之中，形成了極其壯觀瑰麗的色彩。

但是那只是一大團一大團流動的色彩，看來真是壯觀之極，齊白和陳長青兩人，不斷發出讚歎聲。那就是鮑士方曾看到過的情景。

壯觀就夠壯觀，意義卻一點也沒有，一大團閃耀的，流動的色彩，那代表了什麼呢？什麼也不代表。

半小時之後，我吸了一口氣：「我看，仍然沒有結果。」

齊白的臉色，在奶白色的霧中，看來十分蒼白，他緩緩點着頭：「好，將它放下去，下面有七個凹槽，放進哪一個去好？」

我道：「這你不必考慮，看來，只能是直對着小洞的，所以你才能把它取上來，快拿你的工具來。」

齊白沒有說什麼，轉身走了開去，不一會，就拿着一隻皮套子，走了回來，那皮套子，看來像是裝高爾夫球棒用的。他拉開拉鍊，取出了一隻直徑約十公分的金屬圓筒來。

這自然就是「探驪得珠法」的工具，他先從圓筒之中，抽出細細的一根桿子來，約有一公尺長，在桿子的一端，有一個爪狀物，他取過那合金，放在那「爪」上，用手捏了一下，令「爪」把它抓緊。

然後，他命陳長青把縋下洞去的電線，盡量靠向一邊，把那東西，向下伸去。我連忙開着了電視，看那東西放下去的情形。

陳長青又取出了一具儀器來，連接在縋下洞去的電線上，向我作了一個鬼臉：「電視攝像管上，有發光裝置，可以照亮下面。」

我怔了一怔：「你怎麼不早說？」

陳長青道：「我要是早說了，你就不肯用你的腦能量使下面放光了。」

我又是好氣，又是好笑，果然，他在按下了一個掣之後，熒光屏就明亮了許多。

齊白在緊張地操作着，不住自那圓筒之中，抽出細長的桿子來，桿子一節套一節，看起來，像是可以伸縮的釣魚桿。

不多久，就可以在熒光屏上看到，那東西離桌面已經不是很遠，果然如我所料，七個凹槽之中，有一個和墓室頂部打通了的小孔成直線位置。

齊白的神情更緊張，這時，霧更濃了，在我們的身邊滾來滾去，我們的身上，全因為濃霧的沾染而變得濕潤，可是由於那實在是十分緊張的一刻，所以我們都不去注意這些。

等到那塊合金，快碰到桌面，齊白突然發出了「啊」地一下驚呼聲，我在熒光屏上看到，那塊合金，像是由於凹槽上發出的一種吸力，陡然脱離了桿尖的「爪」，向下落下去，儼然合縫，嵌進了那個凹槽之中，只有一面向着上，向上的一面，有四個三角形的平面。

齊白有點驚惶：「不等我鬆桿，就有力道把它吸了下去。」

我指着熒光屏道：「看，正好在那凹槽之中。」

齊白吞了一口口水：「如果吸力那麼強，那……那我不能再將它弄上來了。」

陳長青嘆了一聲：「齊白，你怎麼還不明白，那東西，離開了下面的裝置，一點用也沒有。」

齊白不出聲，將伸進洞去的細桿，迅速地收了回來，我深深地吸了一口氣，已在開始集中思緒：「在原來的位置上，能發揮什麼作用，快些發揮吧。」

這次，我一面注視着熒光屏，一面集中精神思索，由於我同時必須專注下面會有什麼變化，那和我所想的並不衝突，所以很可以全神貫注。

齊白和陳長青，也注視着熒光屏，陳長青同時，控制着電視攝像管的轉動，不一會，就發現，露在凹槽外的那三個三角形的小平面，一起射出光芒，光芒向着沒有架子的那一面灰白色的，有着長方形框子的牆上射去，陳長青忙把攝像管轉過去，對準了那幅牆，陡然之間，我們三個人都呆住了。

那三股光芒，一射到了那灰白色的長方框子上，就組成了一幅形象，看來竟是一個人像！

但是由於我陡然吃了一驚，思緒不能那麼集中，三股光芒迅速暗下來，那個人像在一閃之間也已消失。陳長青叫了起來：「天，快集中精神，快集中精神，一個人，那上面出現了一個人。」

我一時之間，心慌意亂，精神更不能集中，光芒也一直未曾再現，陳長青道：「你，還是用上次的辦法好，讓你事後看錄影帶。」

我忙道：「不，不，那樣我更不能集中精神了。」

我說着，長長地吸了一口氣，可是我卻不由自主想到：竟然出現了一個人！我竭力克制自己，終於，漸漸地，我心神定了下來，可以集中精神了，呼吸也變得緩慢而細長，那三個小平面上，又現出了光芒來，光芒漸漸加強，再度射向那灰白色的框子。

剛才，由於陡然之間，看到了人形，心中驚駭慌亂莫名，所以才一下子不能全神貫注，但這次，已有了準備，所以人形再現，我仍然能控制着自己，使自己精神集中。

那人形才一出現，十分淡而模糊，齊白沉聲道：「把發光裝置關掉。」

陳長青答應着，墓室中暗了下來，三股光芒看起來更強烈，射向牆上，那情形，恰如放映機放出光柱，射向銀幕。

而在牆上，那人形也漸漸鮮明，而且，現出了金光閃閃的色彩，五分鐘之後，人形清晰可見，那是一個看起來面目相當威嚴，穿着一身奇異的金色服裝的男人，全身自頭部以外，都被那種金色的衣服包裹着，連雙手也不例外，那衣服看不出是什麼質地，在衣服上，看來有不少附件，但也說不上是什麼東西。齊白的聲音像是在呻吟一樣：「天，那……這是十二金人，十二金人之一。」

陳長青急速地喘着氣：「十二金人……不是十分巨大嗎，這人……」

齊白道：「他旁邊又沒有人比較，你怎麼知道他不是和記載中一樣巨大？」

我那時也真正呆住了，但是接下來發生的事，卻更令我震呆。

我竭力使自己的思緒不鬆懈，那個金光閃閃的人，才一出現時，只是一個人像，可是我精神進一步集中，他竟然活動了起來，就像本來是幻燈片，忽然變成了電影。

不，也不能說是由幻燈片變成了電影，如果是電影，那人的活動是平面的，活動限制在牆上，可是那人一開始活動，他卻從牆上走了下來！真的，在熒光屏上清楚可見，他從牆上走了下來，是一個活生生的人，才一走下來，還不是十分大，可是，卻在迅速地變大。

也就在這時，電視熒光屏上忽然一暗，緊接着，那小洞中，一股強烈的光芒，衝霄而起。

那股強烈的光芒，是奪目的金色，如此突然，令得我們三人，一起後退，不知道發生了什麼事情。這時候，我哪裏還顧得什麼集中精神。

我雖然慌亂之極，那股金光還是衝霄直上，而且，在不到十分之一秒的時間中，金光擴散，在濃霧之中，我們看到了一個巨大無比的巨人，和剛才在熒光屏上看到的那個人一模一樣，但是放大了不知多少，巨大無比，至少有十公尺高，看起來，像是就站在我們面前，可是又有一種虛無飄渺之感，不像是真實的存在。

在一剎那間，儘管我們三人，見多識廣，但也都呆住了，實在不知如何應付才好！

那個巨人，看起來似實非實，似虛非虛，而且他是那麼高大，當我仰頭去看他的時候，他又是那麼真實，在一剎那間，我真有點懷疑自己是在真實的生活之中，還是在夢境中。

我不知道我的震呆維持了多久，接着，我陡然想起了一個平日很少想到的名詞來：立體投影。

出現在濃霧之中的那個巨人，一定是一種立體投影造成的效果，情形和電影放映在銀幕上差不多，只不過銀幕上的景象是平面的，而如今是立體的。

一想到這一點，我鎮定了許多，也直到這時，我才發現齊白和陳長青兩個人，一邊一個，緊緊擠在我的身邊。他們兩個人都不膽小，但是眼前的景象，實在太令人震驚了，難怪他們都像是受了驚的小孩子。

我沉聲道：「別緊張，這是一種立體投影的現象。」

陳長青顫聲道：「這巨人……只是一個影子？」

齊白的聲調也好不到哪裏去：「不會……只是一個影子吧。」

就在我們講這幾句話的功夫，那巨人，忽然低頭，向我們看來。

雖然我肯定那只是一種「立體投影」的現象，可是那巨人一有動作，他看起來，卻又是那麼真實，就像是他實實在在，在我們面前，抬起那巨大的，穿着金光閃閃鞋子的腳，一下子就可以把我們踩死！

那巨人一面低頭向我們看來，一面用一種聽來聲調十分古怪的腔調，開始說話。（天，他不但會動，而且會說話。）

（自然，想深一層，說話的現象也可以解釋，平面投影可以同步配合聲音，立體投影為什麼不能？）

（可是，當時我們所感到的震撼，卻又進了一步。）

巨人的聲音不是很響，聽起來，有一種悶裏悶氣的感覺，他在用那種怪腔調道：「怎麼樣，皇帝陛下，還嫌不夠好？我保證你們在一萬年之內，不可能有比這個更偉大的建設，要來放置你死去了的身體，太足夠了，你——」

他的話，講到這裏，陡然停了下來。

然後，我們清楚地看到，他巨大的臉龐上，現出了十分奇怪的神情，他的眉骨，本來就十分高聳，這時一現出奇怪的神情，看起來更是高，以至他的雙眼，十分深陷。

巨人剛才所講的那番話，我們實在還未及消化，就看到他現出了那種奇怪的神情。緊接着，他又四面張望了一下，突然發出了一陣聽來同樣十分古怪，但是倒可估計到並無惡意的聲響來，給人的直覺是，那是笑聲。接着，他又道：「我真是糊塗了，當然，已經過了許多年，你們是誰？」

他在這樣問的時候，是低頭直視着我們的。我、齊白和陳長青三人，這時異口同聲反問：「你……是誰？」

那巨人又發出古怪的笑聲：「我是你們皇帝的朋友，你們——」

他以一種十分遲疑的神情望着我們。雖然他的體型是如此巨大，真正給人以「天神」一樣的震懾，但這時，我也完全定下神來，我吸了一口氣：「你所説的那個皇帝，早已死了，今年，距離他死的那一年，在地球上的時間來説，是兩千一百九十八年。」

我自己也有點奇怪，何以我會説得如此流利。

那巨人立時又發出他那種古怪的笑聲：「他死了？並沒有長生不老？他的子子孫孫呢？是不是一世二世三世四世，乃至百世千世，還在做皇帝？」

巨人這樣問，誰都知道他在問的是什麼人了，我昂着頭回答：「沒有，兩世就完了。」

巨人繼續「笑」着，搖頭：「看來他的願望，沒有一樣可以實現，喔，不，至少有一樁是可以實現，他死了之後的身體，藏在我們幫他建造的……地方，再也不會被人找到。」

我心中亂成一片，那巨人這樣說，那麼，秦始皇的地下陵墓，竟是由巨人和他的同伴所建成的？那巨人皺着眉，像是在想什麼，只是極短的時間，他就又笑了一下：「我明白了，全明白了，真是，一直沒有注意，在你們這裏，兩千一百九十八年，可以發生不知多少事了。」

齊白和陳長青完全不知如何說話了，他們只是不住點着頭。

由於他們和我，都是仰着頭在看着那巨人，所以一面仰着頭，一面點頭的樣子，十分古怪可笑。

這時，我已經完全肯定這個巨人沒有惡意，也毫無疑問，他是一個曾到過地球的外星人，在他和他的同伴——我相信一共是十二個人（「十二金人」的記載），不但曾和地球人打過交道，而且還成了秦始皇的朋友。

（天子，和天神交往，不是很正常嗎？）

而且，他們還替秦始皇修建了宏偉到不可思議的地下陵墓。

這個巨大的外星人，如今如何會出現在我們面前，細節我還不知道，但大致情形，倒可以設想，那自然是那塊合金和下面墓室中裝置的作用。

不過，我仍然堅信，如今在我們眼前的，並不是真實的他，而只是一種立體投影的現象——如果地球上的科學發展到了立體電視階段，那麼，我們就可以像如今看到十萬里之外的人的平面活動一樣，看到十萬里之外的人如真似幻地出現在我們的眼前。

為了證實這一點，我突然道：「我願意相信你原來的形體，真是如此巨大，但現在，你出現在我們眼前，我相信只是一種投影現象，是不是可以縮小到和我們一樣大小，方便談話？」

那巨人又笑了兩下：「有趣，你們的見識，進步多了，當然可以。」

他那一句話才出口，巨大的，金光閃閃的一個巨人，突然縮小，一下子就變得比我們正常人，還矮了一半，然後，又擴大到和我們一樣的程度。

這時，他就在我們面前，和我們一樣高大，我們三人，不由自主，一起伸手，想去碰碰他，但我們當然什麼也碰不到，因為他只不過是依靠濃霧才形成的一種立體投影現象。

他變得和我們一樣大小之後，又道：「如果我們現在見你們的最高領袖，讓他向我們提一個要求，當然不會是要求我們替他建造一個地方，可以讓他死後把屍體放進去，真是可笑，死了之後要找一個他夢想的地方把屍體放進去。」

我深深吸了一口氣，有點苦澀：「或許一樣會，兩千多年，地球上人類的思想方法，其實並沒有進步多少，權力一樣令人腐化，各種行為，本質上也沒有多大的改變，人性還是一樣。」

那巨人（他已不再巨大，但還是這樣稱呼他比較好）唔唔地應着：「生物的本能，要改變不容易，非常不容易，接近沒有可能。」

陳長青直到這時，才叫了起來：「天！別討論這種問題了，究竟是怎麼一回事？」

巨人的神情相當溫和：「其實很簡單，我們經過你們居住的行星，當然是在很遠的地方經過，無意之間，通過儀器，看到了有類似指示降落的建築，於是，我們就決定降落來看一下。」

我們三人互望了一眼，心中都不禁呻吟了一聲：萬里長城！

那巨人接下來，又笑了幾聲，他的笑聲和語調，有着可以感覺得出來的輕鬆，那真使我慚愧得冒出冷汗。他道：「我們以為，可以和水準極高的一種生物打交道，誰知道降落之後，全然不是那麼一回事，那個看來像是指標一樣的建築，原來是為了自相殘殺而建造，真不可想像。」

陳長青和齊白兩人，張口結舌，我想急急為地球人分辯幾句，說那是為了防止北方的蠻族侵入而建造的，野蠻人的侵入，會殘殺文明人。可是我張大了口，卻沒有說出來，因為我立時想到：難道只是野蠻人殘殺文明人？文明人還不是一樣殘殺野蠻人？甚至，文明人和文明人之間，還不是一樣在自相殘殺？

想要為地球人自相殘殺的行為辯護，實在太困難，至少，在這樣的題目之前，我說不出一句辯護的話來。地球人可以為千百種理由而自相殘殺，為了糧食，為了女人，為了權力，為了宗教，為了主義……原因有大有小，殘殺的規模有大有小，自相殘殺的行為，在自有人類歷史記載以來，從未停止過！

所以，別笑齊白和陳長青，我張了口想說而一句也說不上來，還不是一樣的張口結舌！

那巨人並未注意我們的反應，繼續道：「我們逗留在地球上的時間並不長，但也對地球上的生物自相殘殺現象，感到了相當的興越，所以研究了一下，發現有好幾種生物，有自相殘殺的天性，一種是人，還有一種是體型比人小得多的，你們稱之為螞蟻的生物——」

他講到這裏，我們三個人，一起發出了一下呻吟聲，在這個外星人看來，人和蟻，竟是一樣的！他的心目中，只是「地球上的生物」！

我努力清了清喉嚨：「人和蟻，總有點……不同吧！」

那巨人道：「當然不同，你們有相當完善的思想系統，會進步，現在，你們之間的自相殘殺現象，一定已經不再存在了吧？」

一聽得他這樣問，我不禁低下了頭，心中真是難過到了極點！

那巨人一點惡意也沒有，甚至不是立心在譏諷，他知道人有相當完善的思想系統，以為經歷了兩千多年，人類的自相殘殺行為，早已停止了！

可是事實上怎麼樣呢？非但沒有停止，而且變本加厲，比起兩千多年之前來，花樣翻新，作為地球人，無法在巨人面前，抬得起頭來。

那巨人得不到我的回答，呆了片刻，才道：「啊啊，我明白了，唔唔，我知道……」

他看來，像是在找話安慰我：「我説過，要改變生物的天性……非常不容易……接近不可能。其實，你們完善的思想系統，應該可以改善，可能是你們未曾努力去做。」

我知道他已經知道地球上的許多事，對他這種「安慰」，想起在地球上發生的種種事，我只好嘆了一口氣，長長地嘆了一口氣。

然後，我才道：「有許許多多人在努力，可是許許多多人的努力，上億上萬人的努力，卻總是敵不過幾百個人，幾十個人，甚至只是幾個人的破壞！」

那巨人的神色十分嚴肅，大力搖着頭：「決不，幾個人絕敵不過幾萬人，幾個人可以驅使比他們人數多幾萬倍的人，由於這些被驅使的人，本身有缺點，有着為了各種原因而甘願被驅使的一種天性，少數人能統治多數人，全然是由於多數人本身的弱點。」

我木然半晌，無法作任何回答，看來，當年他們「有興趣」，「研究了一下」，已經把地球人的本性，作了十分透徹的剖析。

他繼續發表他對地球人的意見：「這種弱點，其實你們自己也對之有相當深刻的認識，稱之為『奴性』。」我無意義地作了一個手勢，想阻止他，請他不要再說下去。這樣赤裸裸地剖析地球人的天性，作為一個地球人，實在不怎樣想聽。

可是那巨人卻不加理會，繼續道：「單是『奴性』，那還不要緊，只不過是向強大的力量屈服。可是人在自甘為奴的同時，又想去奴役別人，一方面向強大的表示奴性，另一方面，又向弱的一面，表示奴役性，真是太複雜了，地球人。」

等他告了一段落，我們三人才一起鬆了一口氣，幾乎像是哀求，齊聲道：「請……說說你自己。」

那巨人了解似地笑了一下（這又使我冒冷汗）：「我們在長期的星際飛行之中，如剛才所說，偶然地由於一個誤會，來到地球，停留了一下就走了。」

我道：「不是那麼簡單吧。」

巨人笑了起來：「自然，也做了些事，研究了……一些地球生物，作為一個大領袖——在我們那裏，應該是智慧的最高代表，可是地球上的皇帝，卻愚蠢得難以想像，他要求長生不死，又要求所有的人，都根據他的意志行事——不過，這個人有着比常人強的腦能量，倒是真的——」

他講到這裏，向我望了一眼，我忙道：「我決不會有那種蠢想法。」

巨人點了點頭：「他的那些要求，愚蠢到了我們完全無法想像，最後，他提出了要為他的屍體找一個安放地方的要求，雖然可笑，但總比別的要求好一點，我們就答應了，替他建造了這樣一個他所要求的一萬年之內不會有比這更偉大的建築。」

齊白喃喃地道：「和我設想的完全一樣。」

我問到了一個關鍵性的問題上來了，我指着他，又指了指地下：「你出現在我們面前，這下面的一切設備，又是……怎麼一回事？」

那巨人道：「哦，下面，是整個……這種放死人的地方叫……」

我接上去：「叫陵墓。」

那巨人道：「對，是整個陵墓的中樞，各個通道的關閉開啟，等等，全可以通過這個控制台來操作，自然，你們也明白，啟動的能量，是人的腦能量，那時，地球人對自己的腦能力，根本一無所知，現在——」

他說到這裏，本來顯然要問「現在一定不同了」的，可是他卻沒有問，只是呆了一呆，隨即神情歉然：「對不起。」

我苦笑道：「是的，現在，地球人對自己的腦能量，仍然一無所知。」

那巨人笑道：「對，我甚至無法向你解釋腦能量和地球本身磁場，蘊藏着的無窮無盡磁能之間的關係……總之，那下面是一個控制室，但當時人由於無知，也不懂那是什麼，所以一點也不重視——」

他向齊白望去，顯然，他不知通過了什麼方法，可以在一剎那之間，知道他想知道的一切事，當他望了齊白一眼之後：「你弄了一個小孔，真不容易。」

齊白囁嚅着，不知說什麼才好。陳長青道：「那麼，你現在……真正的你在什麼地方？」

那巨人道：「在星際航道上，我們還在繼續飛行，只不過忽然接到了信號，所以才和你們見面的，這種設備，地球人也有了，自然，距離不能那麼遠，而且也還不是立體的。」

齊白忽然道：「你是說，我們隨時可以和你見面，交談？」

那巨人搖頭：「不，只是一次，那是我們臨走的時候的許諾。皇帝要我們留下來別走，當然不可能，他要我們留下來，無非是為了想借助我們的力量來幫他完成那些愚蠢的『偉業』，我們經不起他的懇求，就答應他，給一次看來像真的現身的機會給他，也告訴他發信號給我們的方法，不過他顯然未曾使用過，倒是在地球時間那麼多年之後，你們偶然地找到了這個方法。」

我們三個人一起深深吸着氣，那巨人指着下面：「其實，你們可以把下面的設備弄出來，對你們的知識增長，大有好處。」

我們三人又一起嘆息着，搖着頭，並不出聲：可見的將來，無此可能。

齊白緊張地道：「那……異寶，只能用來……和你聯絡一次？」

巨人道：「是，之後，效用消失，甚至連磁性也不能再存在，不過——」他忽然笑了起來：「你自然可以把它弄上來，做一個……一個……」

齊白喃喃地道：「鑰匙扣。」

巨人道：「鑰匙扣？這東西對我們很陌生，鑰匙，嗯，用來打開鎖，鎖，用來保護一些東西，不被他人偷或搶走，嗯，偷或搶，多麼奇怪的行為，所以，鑰匙扣，我不很了解。」

我不禁黯然，鑰匙扣，多麼普通的一個物件，可是這東西聯繫着地球人的思想行為，如果地球人的行為，沒有偷或搶，沒有對他人的侵犯，那麼，地球上當然不會有鎖和鑰匙這樣的東西！

陳長青急急地道：「一次……也不要緊，你……你能和更多的人見見？」

那巨人道：「只怕不行，下面接收裝置的能量，已經快用完，對，還有十秒鐘，你們還想知道什麼？」

十秒鐘，我們想知道的事，十天十夜也問不完，可是該死的十秒鐘，就這樣過去了，陡然之間，眼前一黑，等到視力恢復正常，除了白茫茫的一片濃霧之外，什麼也沒有了。

過了好一會，我才道：「也該心足了，我們和正在作星際航行的一個外星人，通了一次立體傳真的長途電話，真正的長途電話。」

齊白和陳長青對我所作的這樣的形容，點頭首肯。

齊白還是將一切能量消失了的合金，弄了上來，真的鑲成一個鑰匙扣。

卓絲卡娃又打過電話來，可是我什麼也沒有告訴她。

白素和溫寶裕聽了我們的轉述，溫寶裕大叫可惜，然後睜大了眼睛問：「地球人真是那樣子的？」

白素嘆了一聲，我攤開手：「讀讀歷史，看看現在，是這樣子。」

白素的眉宇之間，有一種異常的抑鬱：「應該說，大多數人是這樣子的，也有少數的例外，等到大多數和少數的比例改變了，地球人也會改變。」

我喃喃地重複着巨人的話：「要改變生物的天性，非常非常不容易，接近不可能！」

舉例來說，什麼時候，地球人才會全然不知道鎖和鑰匙是什麼東西呢？

（全文完）

衛斯理小說典藏版　69

# 異寶

作　　者：　衛斯理（倪匡）
責任編輯：　黎倩雲　　楊紫翠
封面設計：　李錦興
出　　版：　明窗出版社
發　　行：　明報出版社有限公司
　　　　　　香港柴灣嘉業街18號
　　　　　　明報工業中心A座15樓
電　　話：　2595 3215
傳　　真：　2898 2646
網　　址：　https://books.mingpao.com/
電子郵箱：　mpp@mingpao.com
版　　次：　二〇二二年八月初版
I S B N：　978-988-8828-14-2
承　　印：　美雅印刷製本有限公司